Un Amour Celte

SUR LA TRACE DES BERBÈRES

Lucy Cañiza

SUR TRACE DE LOS DES BERBÈRES

L'édition originale de ce livre est en espagnol.

©Lucy Cañiza, *Assomption, Paraguay*

Sous le titre:

« Un Amor Celta. DETRÁS DE LOS BEREBERES »

Août 2015

Pour cette édition, la traduction,

a été réalisée par **Stéphanie Peysson.**

Révision de la traduction : **Cristina Boselli**

Illustration de l´œuvre ¨La reine Tin Hinan¨. Hocini Ziani, Musée d´Orsay, Paris, 2007

Photographie ¨Désert du Sahara¨, Yazid Ladjouze

Bejaïa, Algérie, 2014.

Assomption, septembre 2017

Un Amour Celte

SUR LA TRACE DES BER-BÈRES

Ne pars pas, reviens à toi – même,
Dans l'homme intérieur habite la vérité

Saint Augustin d'Hippone

(354 - 430). Evêque, Philosophe et Père de l´Eglise Catholique.

Lucy Cañiza

Assomption, Paraguay

Août 2015

DEDICACE

À ma mère

et

aux hommes libres

REMERCIEMENTS

Radia Auyoukerm

Amis de Bejaïa

Rafael Bernal

Julio Dominguez

Milia Gayoso Manzur

Hakim Kimus

Famille Ladjouze

Roberto Moreno

Alejandro Morra

Stephanie Peysson

Zoula Touchard

Hocini Ziani

et

Mon fils, Rubén Nicolás

INTRODUCTION

Étoile du soir …mes larmes
pleurent mon amour et mon es-
poir…

les nuits sombres,

les lignes qui racontent ma
souffrance et mon inquiétude.

C'est injuste et je t'aime du
fond de mon cœur…

avec force et amour mes larmes
ne veulent pas dire…. que la vie
est belle…et pleine d'injustice.

Farid Al-Atrash (1915-1974)

PRÉFACE

La préface d'un texte littéraire ne doit pas être un subterfuge qui substitue la lecture de ce dernier. Il s'agit simplement d'une invitation à le parcourir en approfondissant son intérieur.

C'est ce à quoi ces lignes se tiendront, modestement, évoquant à peine quelques particularités que le lecteur trouvera si il observe avec attention.

Ce texte de Lucy Cañiza donne suite à la stèle laissée par *Un Amour Celte*, la narration antérieure. SUR LA TRACE DES BERBÈRES répète la même stratégie structurante. De façon similaire, le style rapide, austère dans les descriptions du contexte de l'action, concis dans les dialogues, se retrouve, malgré quelques légères mutations du récit.

Connaisseuse du monde et des livres, l´auteur recourt à nouveau au voyage comme axe structurel, ou mieux, générateur de l´action. Ce recours a traversé les siècles et la littérature depuis l´oralité primitive jusqu´à l´écriture cultivée dans tous les espaces de l´imagination créatrice d´images, de symboles et de mythes. Celui-ci est le recours qui incite, par exemple, Gilgamesh à partir à la recherche de l´arbre de la vie ; ou encore Abraham, Moïse, Ulysse, Énée à rechercher la terre promise, à fonder des villes ou à découvrir des continents comme Colomb et Solís, à parcourir fleuves, mers aussi bien sur la Terre, que sur la Lune et pourquoi pas ? Dans notre voisinage planétaire, dans les prochaines années, dans les prochains siècles. L´imagination créatrice qui répand dans l´oralité son pouvoir, donne noms et exploits réels ou fictifs à des héros fondateurs, sur lesquels les peuples basent leurs traditions mythiques d´origine.

Le recours au voyage, qui déclenche le

déroulement du récit, permet d´unir divers temps et scènes, des mondes confrontés et divisés par le temps, l´histoire, de façon que chacun se renforce sans se recouvrir ou s´annuler.

Voyager dans le passé est la tactique de l´exotisme, et ceci est fécond en rencontres imprévues, révélations et assomption de l´étrange et acceptation du différent qui attrape et unifie. Ancien comme les mythes, le voyage est, à la fois, un phénomène commun dans la quotidienne existence humaine, raison pour explorer le sommeil, le délire et la fantaisie ingénue, névrotique du visionnaire ou de l´enfant. Innocent, sage, le voyage, non seulement nous déplace dans le temps, mais il nous renvoie a des temps déjà vécus, autant par le sujet comme par la collectivité, et qui survit sous la forme de traditions légendaires ou d'autres formes de transmission de la culture.

Ce fait concède à la fiction une liberté et une

énergie spirituelle très puissantes. C´est pour cela que, avec des éléments et références minimes de la réalité empirique, la fiction du voyage permet de convoquer des mondes complexes et subtils, pleins de situations insolites.

Il n´y a pas de limites certaines à ce vol de la fantaisie, ainsi elle est libre pour combiner en un tout, même si hétéroclite, ces événements magiques, surnaturels, inespérés ou insolites.

Le jeu de la pensée qui court en liberté retrouvant et remettant à sa place des souvenirs, lectures, inventions, fantaisies oniriques et tout type d´images, est une énergie libérée et libératrice. Il est semblable dans son enchaînement virtuel au langage articulé avec lequel nous communiquons et par lequel il cherche à s´introduire pour rebondir vers l´actualité.

Un aperçu de ceci est contenu dans ces pages. La trame argumentaire de la narration se déroule par un langage austère, se déplaçant dans de grands espaces. Il ne s´attarde pas dans des détails contextuels, mais se résout dans des dialogues rapides et brèves.

Tel qu´elle l´a exercé dans son récit antérieur, l´auteur incorpore a nouveau le thème de l´amour, ainsi qu´une brève excursion a travers l´érotisme comme découverte soudaine du destin personnel de chacun lié à une détermination ancestrale jusqu`a sa culmination dans le couple. Si les protagonistes, les scènes et les coutumes sont différents, le noyau thématique reste le même. De cette façon, si dans la narration antérieure il s´agissait des celtes, dans celle-ci ce sont les berbères ou touaregs. Ceci montre que l´auteur mène le monde de son récit depuis la civilisation, Paris, aux alentours, la Bretagne, le Sahara, qui sont les territoires du mystère, de la révélation où l´histoire semble se mêler dans le mythe, ouvert toutefois, à la merveille de l´inattendu.

Avec celle-ci, sa deuxième œuvre, l´auteur réaffirme sa disposition à se configurer un espace propre dans la littérature para-guayenne contemporaine. Et c'est bien qu´il en soit ainsi et qu´elle le cultive avec la saga-cité et la maitrise technique qui se perfection-neront avec son habitude à l´écriture narra-tive.

Francisco Pérez – Maricevich

Un Amour Celte - SUR LA TRACE DES BERBÈRES, de Lucy Cañiza

"SUR LA TRACE DES BERBÈRES",

Et le plaisir de découvrir cette œuvre.

Un voyage fantastique, c'est ce que propose ce livre de Lucy Cañiza, "*Un Amour Celte* - SUR LA TRACE DES BERBÈRES". A travers une histoire d'amour, l'auteur nous mène vers une autre culture, et d'autres formes d'envisager et de profiter de la vie. En lisant cette brève nouvelle, le lecteur se met dans la peau de Sophia et de Kane, et profite des paysages, couleurs et saveurs de la France, du Paraguay et de l'Algérie.

Dans son deuxième livre, l´auteur, se définit elle-même comme ¨culottée¨ de faire quelque chose pour laquelle elle considère ne pas s´être préparée. La saga de Sophia continue dans sa recherche de l´homme de sa vie et des réponses a plusieurs inquiétudes qui se dévoilent.

Dès la couverture, cette œuvre écrite de façon agréable et à la lecture rapide, nous invite à découvrir de nouvelles choses. En partant de la reproduction de l´œuvre de l´artiste plastique algérien Hocine Ziani (en l'honneur de la princesse Tin Hinan), le lecteur s´introduit peu à peu dans la merveille de la découverte de la culture berbère, celle des hommes libres, là- bas au Nord de l´Afrique.

Formée dans d´autres disciplines, Lucy Cañiza transmet dans ce travail, ses expériences de voyage, de lectures, le résultat de sa curiosité naturelle qui l´ont menée à découvrir in situ ce qui l´inquiétait. "J´ai besoin d´être à l´endroit déterminé pour pouvoir écrire sur celui-ci", expliquait-elle lors de notre conversation.

Jusqu´où l´histoire est-elle réelle? A quel endroit commence la fantaisie? La paraguayenne Sophia nous emporte vivre avec elle sa recherche de l´amour et la découverte d´endroits fascinants qui lui apportent la tranquillité dont son esprit aventurier a besoin. La véritable Sophia existe-t-elle? Est-ce Kane un homme réel qui a inspiré ce

personnage? Combien de Lucy y-a-t-il en

Sophia? Le lecteur se demande toujours si un auteur laisse sa propre histoire dans celle de ses personnages… Ce n´est pas le cas de cette œuvre, mais selon l´auteur elle-même, celle-ci fut créée avec des

expériences empruntées, avec un peu de réalité et beaucoup de fantaisie. Tout ceci dicté par un être qui l´incite à écrire, à narrer des expériences et situations. "Je ne me suis pas préparée" pour cela, explique Lucy Cañiza, mais elle le fait très bien et nous offre une œuvre fraîche laquelle on prend beaucoup de plaisir à lire. Nous souhaitons encore beaucoup de chemin

à parcourir à Sophia et son auteur, qui, certainement, nous surprendra agréablement avec ses futures nouvelles.

Milia Gayoso Manzur

Journal – La Nación, Paraguay 08-09-2015

CHAPITRE 1
MOMENTS - OCTOBRE 2013

Peinture rupestre Hoggar

Peinture rupestre Tassili

Sophia était de retour à Assomption.

Elle avait été en Indonésie pour participer à une conférence dans ce lointain pays. Depuis qu'elle ne voyait plus Pierre, elle était devenue plus introvertie. Elle savait que Pierre ne boirait plus de ses breuvages druides, l'élixir de la vie éternelle, qui le maintenaient vivant. Il lui avait proposé de les prendre aussi pour ainsi pouvoir l'accompagner dans cette vie et les prochaines, mais Sophia était chrétienne, et ceci lui empêchait toute pratique en dehors des préceptes de sa religion.

- Laisse tes souvenirs pour plus tard, Sophia, quand tu seras plus âgée. Toutes les histoires d'amour se ressemblent. Dis- moi, quels plans as-tu maintenant que Pierre n'est plus dans ta vie? demande Gustavo.

que tu étais allé chercher un mari arabe, tout comme l'a fait notre ambassadeur, qui a dû changer de religion pour pouvoir se marier avec une femme musulmane d'Indonésie.

- Je suis allée à une conférence à Palangka Raya, près de Jakarta. Ah! Je n'avais pas entendu parler de cette dernière nouvelle! Sur le chemin de retour, je suis passée par le Qatar, mais je n'ai l'intention de séduire aucun arabe, d'autant plus que jamais dans ma vie, je n'en ai rencontré un! affirme Sophia.

Qu'est-ce-que c'est?, demande-t-elle en regardant l'article de journal.

- Ce sont des commentaires concernant le mariage de l'ambassadeur paraguayen avec une femme indonésienne. Lis-le! s'exclame Gustavo d'un air curieux.

- Ah! D'accord, dit Sophia, et elle se mit à lire la missive d'Alejandro et ensuite l'article de journal.

Chère Sophia,

Je te dédie cet écrit – un éditorial - afin que tu réfléchisses deux fois avant de te marier avec un musulman, car tu peux perdre beaucoup de choses.

Je suis désolé de gâcher ton rêve des mille et une nuits. Alejandro

Editorial (Journal ABC, Assomption 2013): Onéreuse Apostasie, par G.L.R.

La nouvelle se répand à Jakarta, en Indonésie : notre ambassadeur a fait acte d'apostasie, en se convertissant à l'Islam afin de pouvoir se marier avec une femme de ce pays et de cette religion.

Ceci n'est pas chose courante. Il faut l'admettre ! Qu'un chrétien passe du côté des mahométans ou vice versa. Ce sont des religions qui, bien qu'assez semblables entre elles, maintiennent une rivalité séculaire, si âpre, qu'à certains endroits et à certaines occasions, les différences se transforment souvent en de cruelles représailles de massacre et de terreur. Mais, il est bien connu que notre représentant diplomatique a su surmonter courageusement ces obstacles, et soumettre son cœur chrétien au doux joug de l'Islam, comme Guy de Lusignan a soumis son épée devant Saladin, dans la légendaire bataille de Hattin.

Celle qui a provoqué l'acte d'apostasie de notre représentant est une femme indonésienne, qui est décrite par un communiqué de presse, comme aristocrate et multimillionnaire, et à en juger par la photographie, aussi belle. Il est compréhensible que l'amour ait facilement porté ses fruits au sein du jardin spirituel de l'ambassadeur et que la flamme du Prophète, ainsi que les braises d'une femme multimillionnaire, aient fondu les derniers glaciers de son cœur chrétien.

Le court communiqué de presse n'a pas révélé les détails de la cérémonie de conversion et de baptême, qui a certainement dû être sûrement très émotive et singulière, par sa rareté. Il n'informe pas non plus, par exemple, si le marié a passé un examen satisfaisant de ses connaissances complètes de la Charia et du Sahih al-Bukhari; s'il a su mémoriser et réciter les 99 noms d'Allah; si il a accompli l'oblation du zakât, aumône équivalente à au moins 85 grammes d'or ou sa valeur en devises fortes; et, finalement, si volontairement et joyeusement, il a présenté son membre viril au silex de la circoncision, petite guillotine d'initiation incontournable dans ces religions nées dans de si durs déserts.

Non moins intrigante est la question relative à la raison pour laquelle ce changement d'une religion à une autre ne s'est pas produit en sens inverse, c'est-à-dire, pourquoi ne serait-ce la mariée, belle, aristocrate et riche, qui se serait convertie au christianisme, permettant de cette façon au fiancé de conserver intacte sa foi et son prépuce ? Mais, comme nous le savons, la révélation divine est toujours imprédictible; la flamme de la véritable foi surgit dans les circonstances les plus insolites et le cœur a, comme soutenait Pascal, des raisons que la raison ne comprend pas.

Pourtant, il pourrait y avoir une autre raison, certainement très digne d'attention, qui est : si un chrétien abandonne le christianisme, il ne se passe rien, mais si un musulman fait acte d'apostasie, et après avoir été invité à se repentir, il persiste, et son obstination ayant été prouvée, il doit recevoir la peine de mort ou l'emprisonnement à perpétuité, lui ou elle, et tout ses descendants à mesure qu'ils atteignent l'âge adulte. Ainsi est établi par le Conseil de Fatwas de l'Université d´Al-Azhar au Caire, qui s'impose comme la principale institution islamique du monde, fréquentée par des vizirs, ayatollahs, muftis, cadis, imams, oulémas, cheikhs et muezzins de toute la planète.

De cette façon, dans l'avenir, notre ambassadeur pourrait éventuellement divorcer de son épouse millionnaire, mais il ne pourra pas s'écarter de sa nouvelle religion. Il devra observer rigoureusement la Charia, faire les cinq prières par jour à genoux et regardant vers la Mecque et l'esprit libre de pensées impures. Et pendant le Ramadan, il jeunera le jour, et s'abstiendra des relations intimes dès que l'étoile de l'aube apparaitra à l'horizon jusqu'à ce que la première étoile du soir s'allume.

Ah! Et un adieu pour toujours aux jambons serranos, saucissons de Milan, boudins basques, jarret de porc avec de la choucroute; pas de saucisses viennoises ni polonaises, de mortadelles et lingui-ças, de boutifarres, de chipa ou de graisse de porc tressée et frite. Pas d'alcool, jeux de hasard, théâtre et danse.

Comme on le voit, non seulement au christianisme a renoncé notre ambassadeur, mais a beaucoup plus. Je ne crois pas que ce soit le cas, mais ceci me rap-pelle un sage conseil de George Bernard Shaw qui dit : "Ne te marie pas pour l'argent, un emprunt te coûtera moins cher".

- Dis à Alejandro de ne pas s'inquiéter. Je ne suis pas intéressée par les histoires d'amour et encore moins, fiancée à un mil-liardaire arabe, insiste Sophia, ayant termi-né la lecture.

- Pour l'instant ! dit Gustavo avec un petit sourire malin.

- Si c'est mon destin, il devra s'accomplir,

Ainsi soit-t-il !, réplique Sophia.

Ce soir, elle a déplié encore la lettre. Elle la lisait sans cesse. Elle se sentait inquiète et curieuse. Elle n'avait pas beaucoup pensé aux messages parce qu'elle était trop occupée. Elle venait d'arriver d'Indonésie. Elle était allée participer à une conférence dans une petite île. Un long voyage, avec plusieurs escales au retour, à Jakarta, au Qatar, à Sao Paulo, et finalement à Assomption. Elle n'avait même pas encore défait ses valises.

Il y avait une faible lumière dans la chambre et dans ses mains un e – mail qu'un homme mystérieux lui avait envoyé. Elle l'avait imprimé pour le relire et le connaissait par cœur. C'est un homme qu'elle avait rencontré sur l'Internet et qui l'avait captivée dès le départ. Elle ne pouvait pas s'empêcher de penser à lui.

Il y avait quelque chose de touchant dans ces lettres: découvrir que quelqu'un qu'elle ne connaissait pas était prêt à établir une relation avec elle.

Elle a respiré profondément, comme si elle avait cherché à sentir son parfum, et lui a répondu immédiatement.

FRANCE- DECEMBRE 2013

Kane regardait son verre de Martini. Il vide encore une fois, et il continuait à se vider après l'avoir rempli quatre fois.

Il a soupiré et s'est effondré sur le canapé. Il s'était endormi comme d'habitude, il ne savait pas combien de temps. Il se disait qu'il avait besoin d'une épouse, peu importe son apparence.

Il fallait simplement que ce soit une femme raisonnablement jolie, jeune et gaie, qui accepte sa famille, ses enfants, ses parents, ses frères, et les coutumes de sa famille. Il n'en demandait pas trop.

Soudain, il s'est levé. Il se rappelait qu'il avait un message dans son ordinateur qu'il n'avait pas encore lu.

C'était une lettre très simple, qui disait:

*Merci pour les e-mails, tu as dû te rendre
compte que je suis ravie de recevoir tes cour-
riers.*

*S i -
cèreent
. So-
phia*

Kane, très ému, n'a pas hésité à ré-
pondre:

Chère Sophie,

*Cela fait un moment que je t'écris. Je
sens que je te connais, et j'espère que tu
auras le même sentiment. la Je ne peux pas
être heureux sans t'avoir près de moi. Je me
sentais seul ici, en France, et je suis allé en
Afrique pour voir si je pouvais t'oublier. Mais
là-bas, je n'ai fait que rêver de toir, nous
deux, ensemble, dans la mer. Je suis rentré
en France en pensant à toi.*

*Je t'invite à venir me voir et ensuite, dans
un proche avenir, j'espère que tu m'accepteras comme ton époux.*

35

J'aimerais que tu m'accompagnes pour rencontrer ma famille pendant mes vacances.

J'espère que tu considéreras ma proposition.

Salutations

Kane

FEMME BLEUE

Apres avoir tourné cette affaire dans tous les sens, Sophia a décidé d'accepter l'invitation de Kane. Le meilleur serait de le faire en secret, car si sa famille apprenait ses intentions, ils pourraient la faire désister. La seule personne qui le savait c'était sa mère.

Elle savait se battre et elle finirait par s'en sortir après toutes les batailles. Elle se disait que le fait qu'elle parte ne voulait pas dire qu'elle devait se marier avec Kane, c'était juste une possibilité. Si elle ne s'adaptait pas, elle ne se marierait pas, après tout, elle ne lui avait rien promis.

C'était le mois de décembre, et elle pensait passer Noël et Nouvel An avec lui. Elle ne comprenait pas pourquoi cet inconnu l'attirait tellement.

Mais c'était si doux de penser à un homme français, et de découvrir tous ses charmes cachés dans une froide nuit d'hiver.

Et maintenant elle était en route vers la France. Elle ne savait pas bien comment définir cette sensation, en route vers son destin, avec une valise, quelques adresses et plusieurs lettres.

Un homme qu'elle espérait pouvoir aimer ou qu'elle aimait déjà.

C'était si excitant! Cela pourrait être sa seule opportunité d'être heureuse.

Et qu'est – ce qu'elle sait de lui?

D'origine française, ingénieur civil, de vingt ans son aîné, cinq frères, deux enfants et surtout, impatient de trouver une épouse.

Il aime voyager, danser, écouter de la musique, écrire, lire, prendre des photos, connaitre de nouveaux endroits, le sport, la mer, bronzer, nager, naviguer, dormir, surtout quand il fait froid.

Faire la cuisine avec beaucoup d'épices, ah!, il lui avait promis qu'il lui préparerait plusieurs plats de son pays. En plus, il aime les sucreries, les chocolats, les dattes, les noix, les liqueurs, les vins, les champagnes, les huîtres, la poésie et la philosophie.

Ouf!, tout cela lui semblait très intéressant. Et le meilleur était qu'ils avaient beaucoup de choses en commun.

Kane s'est installé sur le canapé.

Depuis plusieurs années, il préférait ne pas dormir dans son lit. Parfois il se sentait trop seul et fatigué, et il lui semblait plus confortable de dormir de cette façon, après avoir essayé de regarder une émission distrayante à la télévision.

Et soudain, cette douleur à la jambe. Il ne savait pas exactement quelle était la raison, peut - être tout simplement l'envie d'avoir quelqu'un à ses côtés, une épouse qui le comprend et l'accompagne pour la vie.

Les années de son premier mariage ont été un enfer. Pourtant, il avait fait son possible pour être un bon mari. Mais quoi qu'il fasse, cela allait de plus en plus mal, sa femme était presque tout le temps enfermée dans sa chambre. Ils se sont séparés et elle est loin de sa vie maintenant.

Sa deuxième épouse, était bipolaire, un jour elle l'aimait et le lendemain, elle le détestait. C'était, encore une fois, une relation compliquée et difficile.

Il a froncé les sourcils et s'est mis à penser à Sophia.

D'après les lettres, elle semblait une personne assez ouverte d'esprit, sincère et elle avait une   vision optimiste de la vie.

De son côté, Sophia sentait qu'elle aimait déjà cet inconnu. Depuis le premier jour où elle avait vu son portrait, il lui semblait très familier. Il avait quelque chose, un je-ne-sais-quoi, ce sentiment qui l'avait amenée à accepter de le voir personnellement.

Prétendait-elle se marier avec quelqu'un qu'elle ne connaissait même pas? Elle ne savait pas grand-chose de lui.

Elle savait ce que les gens disaient, qu'elle était très exigeante et qu'elle avait déjà l'âge de se marier et d'avoir des enfants.

Elle soupirait, il était compliqué de raconter aux autres l'aventure dans laquelle elle s'était embarquée. Seulement sa mère en savait quelque chose.

Kane était son secret.

Elle était de plus en plus inquiète et de moins en

moins satisfaite de la vie qu'elle menait, mais qu'elle avait elle-même choisie. Cette proposition de Kane représentait pour elle, son opportunité pour le changement tellement désiré.

Et lui, que savait-il d'elle?

Elle avait fait des études de Botanique à Cambridge, et ensuite de Négociations Internationales.

Elle avait vingt – huit ans, les cheveux blonds, les yeux verts. Elle était une femme superbe, très attrayante. Elle appartenait à une charmante et nombreuse famille. Son père était mort quand elle n'était encore qu'une enfant. Son frère aîné jouait le rôle de père. Elle était la préférée de sa mère.

Dans moins d'un mois, elle serait avec lui, elle avait déjà acheté son billet d'avion.

L'itinéraire était Assomption – Rio de Janeiro et finalement Paris.

Lorsqu'elle pensait à Kane, elle se sentait nerveuse et anxieuse. Elle avait hâte de le rencontrer, mais en même temps elle avait des doutes.

- Le grand jour est arrivé, la rencontre avec ton grand secret -Kane- lui dit sa mère en l'embrassant pour lui dire au revoir à l'aéroport d'Assomption.

- Oui, maman, répond Sophia. Et elle l'embrasse tendrement sur les deux joues.

Après plusieurs heures et changement d'avions, elle a atterri à sa destination finale, Paris. Il était six heures de l'après-midi.

Serait-ce la grande rencontre? Soudain, Sophia s'est mis à réfléchir, et s'il ne me plaît pas? Et s'il ressemble à un ogre?

Bien sûr, il lui reste l'option de loger à l'hôtel, elle y avait déjà pensé.

Elle sentit un froid intense, c'était l'hiver. Heureusement, j'ai apporté des vêtements chauds et tout ce dont je pourrais avoir besoin, murmure-t-elle.

Elle était vêtue d'une élégante jupe noire en laine, des bottes hautes et confortables, un manteau, un col roulé bleu et des gants en cuir de la même couleur.

- Mademoiselle, un homme vous attend à l'accueil. Venez par ici, s'il vous plait, et récupérez votre valise, annonce l'élégante hôtesse de l'aéroport.

Oh! C'est lui! S'exclame Sophia. Et là, il arrive, ses cheveux bouclés coiffés au gel, bien rasé et soigné, un jean serré, un manteau aux petits carreaux noirs et blancs long jusqu'aux chevilles avec des qui s'ouvre en marchant, des chaussures à pointe carrée et le parfum J. G., dernière version. Il était charmant. Sophia frémit. Elle était très émue.

- Bonjour, dit-elle, encore surprise.

Elle ne savait pas quoi dire. C'était quelque chose d'inattendu, mais très agréable. Cet homme était incroyable, beaucoup mieux que tout ce qu'elle avait imaginé. Elle se sentait heureuse et sûre d'elle - même

- Bonjour, lui répond-il.

Et il l'embrasse trois fois – à la manière française.

Il a pris la valise et ils sont partis ensemble chez lui.

C'était un petit appartement, pas très loin de la vieille ville. Il était finement décoré, avec des détails d'origine arabe. Il y avait quelques tableaux et quelques masques qui semblaient africains. Beaucoup plus tard, elle a appris qu'il s'agissait de masques achetés en Afrique pendant la lune de miel de Kane avec sa deuxième épouse. Des rideaux transparents de couleur violette, des tapis et des tabourets en cuir avec des détails ethniques, une petite veilleuse avec des cristaux de différentes couleurs qui émettait une lumière douce, complétaient le décor.

- Tu veux prendre un thé, un café, ou de l'eau?, demande Kane, pendant qu'il enlevait son manteau et ses chaussures et mettait des pantoufles aux longues pointes.

- Eh bien, vraiment…..-balbutiait Sophia. Elle était étourdie, elle avait besoin d'un moment pour pouvoir articuler chaque mot.

La voix de Kane était chaleureuse et douce. Il semblait encore plus jeune.

- Tu veux un martini rouge ? C'est ma boisson préférée, ajoute-t-il.

- Après tu me diras où tu veux dormir. Dans
ma chambre avec moi ou seule ? Je m'ex-
cuse, mais je n'ai qu'une chambre.

- Je...prendrai un martini rouge et je préfère
dormir avec toi. Il fait très froid ici, dit Sophia, en enlevant ses gants et en se frottant
les mains. Elle tremblait, mais pas de froid.
C'était l'émotion.

Doucement, Kane s'est approché d'elle et lui ser-
vait la boisson. En lui servant, il la retenait par la
main. Sophie ressentit un étrange frisson. Elle se
sentit mal à l'aise. Les battements de son cœur
s'étaient accélérés et elle a retiré sa main brus-
quement.

- Ne t'inquiète pas. Je suis un gentleman. Je ne te toucherai pas, la rassure-t-il d' un air sérieux.

- Oui, pourquoi?, demande-t-elle étonnée, rougissante. Elle ne savait pas quoi dire.

- Je veux me réserver. Quand nous nous connaîtrons mieux, et surtout quand tu apprendras ma culture et que tu l'accepteras, le jour de notre mariage.

- Non, ça ne me fait rien de dormir avec toi, dit Sophia, en essayant d'enlever son manteau.

- Je vais t'aider, dit Kane, en la touchant doucement. Elle sentit à nouveau un frisson qui lui parcourait tout le corps.

Sophia était totalement confuse. Elle ne comprenait pas quelle était la raison qui l'avait amenée jusque là. Et en plus, l'homme qu'elle avait en face ne ressemblait pas à un français typique, même si elle ne savait pas très bien non plus quel était le prototype d'un français.

D'après les détails du décor, il s'agissait plutôt d'un arabe. Ou bien c'était peut-être un gentleman français excentrique qui aimait cette culture.

Elle soupirait. Elle était là, et ne pouvait plus faire marche arrière.

Des jours se sont passés, la première nuit et toutes celles qui s'en sont suivies, ils ont dormi ensemble, dans le même lit, mais elle était toujours à veiller, à attendre, au moins un baiser! Juste un baiser!

Cet homme était le même qui l'avait totalement captivée, et maintenant il lui demandait d'attendre. Il avait le corps d'un grand athlète, couvert de cette peau cuivrée qui le rendait encore plus désirable. Quand il rentrait du travail, il lui demandait de lui faire des massages pour ses douleurs à la jambe. C'était le seul contact qu'ils avaient et quelques baisers comme salutation.

- Ça va durer combien de temps ? se demandait Sophia, qui était impatiente d'être à lui.

- Jusqu'aux vacances d'été ou le mariage, répondait Kane.

Trop longtemps pour tant de désir! Et s'ils ne se mariaient pas? C'était le doute qui lui venait à l'esprit.

Un étranger, un inconnu, qu'elle n'avait jamais vu dans sa vie, l'avait fascinée. Elle était amoureuse de lui. C'est un déjà vu ?

Comme tous les jours, ils dormaient ensemble dans le même lit.

Une nuit quelconque, Kane s'est réveillé. Sophia faisait semblant de dormir. Il la regardait, se rapprochait. Elle sentit sa respiration très près d'elle, son parfum. Elle pensait qu'il allait l'embrasser, mais rien ne s'est passé !

Elle pensait, je ne suis peut – être pas assez attirante pour lui, ou bien ce n'est encore qu'une question de temps.

- Dors, Sophia. Je ne veux pas alimenter de fausses illusions, lui dit-il, avec une expression de tristesse. J'ai simplement un peu de mal. Il se retourne et se rendort.

- D'accord, répond – elle déçue. Je verrai ce que je fais demain, se dit-elle. Je vais profiter de sa présence, et elle aspira son parfum. Qu'il était sexy! Et finalement elle s'est endormie. Elle se disait que le mal qu'il ressentait était plutôt un prétexte.

Pendant les nuits suivantes, elle avait toujours les mêmes désirs et la même réponse. Elle ne pouvait s'empêcher de penser à lui et de le supplier mentalement, un baiser!

Et encore son parfum, si sexy. Oui, il se réserve pour un moment spécial!

Elle a fermé les yeux et s'est endormie comme tous les jours.

Kane était en elle

Et dans le labyrinthe.

Soudain, Sophia entend cette voix qu'elle connait et l'appelle, qui prononce son nom encore et encore.

Et lui parle *"Dans toutes tes fantaisies, tu as déjà rencontré cet homme mystérieux –* disait la voix *– Il est là, dans ton esprit......Découvre qui il est !"*

Dans ses rêves, il apparaîît.

L'écume de mer le mouille. Elle court sur la plage à sa rencontre. Il l'entoure avec ses bras, et la serre de plus en plus fort contre son corps jusqu'à ce qu'elle sente sa chaleur enveloppante et l'entraîne dans un désir flamboyant. Il descend ses mains jusqu'à ses fesses. Sophia le regarde et il l'embrasse, enfin !

Ils tombent sur le sable blanc. Elle sent le soleil sur sa peau. Il la caresse, et l'embrasse à nouveau. Elle sent son corps chaud, bronzé, sa respiration, son parfum. Elle ne tenait plus à sa raison, simplement aux sensations du désir et du besoin. Il ne s'arrête pas, et la touche où jamais personne ne l'avait touchée. Elle supplie que tout se répète sans cesse, le bruit des vagues qui vont et viennent .... et soudain, elle se réveille, il est là, endormi à ses cotés, ce n'était qu'un rêve.

Depuis cette rencontre avec Kane, plusieurs mois se sont passés. Sophia était rentrée dans son pays. Il l'appelait au téléphone et souvent pas par son nom, il l'appelait Femme Bleue, elle lui demandait pourquoi, mais il ne répondait pas.

Elle pensait retourner en France, pour le revoir, en espérant une rencontre plus romantique.

Un matin en juin, elle l'a rencontré à Paris, c'était la deuxième fois qu'elle le voyait et elle lui a posé la même question :

- Pourquoi tu m'apelles *Femme Bleue*? Quels mystères caches-tu? D'où tu me connais?

- Assieds-toi. Joins la pointe de tes deux index, sépare-les. Vois-tu la couleur bleue?, l'interroge-t-il.

- Non.

- Tu devrais comprendre, parce que tu travailles avec la nature, les messages cachés. Tu appartiens à cette culture.

La forêt est conçue d'une façon harmonieuse, et c'est pour cela que lorsque nous nous connectons avec elle, nous sentons un bien – être. La beauté a une haute vibration.

C'est ce que je ressens quand je suis près de toi.

- J´avais étudié quelque choses sur la disposition des feuilles par les séquences numériques. Cette théorie a été découverte par un mathématicien italien et Da Vinci a aussi fait quelques écrits.

- Oui, je sais de qui tu parles. Léonard de Pise, plus connu comme Fibonacci. Il a étudié les mathématiques dans mon village, tout comme Da Vinci, et d'autres personnages importants de l'histoire, ajoute Kane.

- Comment? s'exclame Sophia très étonnée. Elle était sûre qu'il avait beaucoup plus à lui raconter.

- Si tu veux connaitre ces endroits, tu peux venir avec moi dans mon village, et tu apprendras des choses sur beaucoup d'autres hommes célèbres de l'histoire, qui ont aussi étudié au même endroit, affirme-t-il.

- Oh! ce serait fantastique, c'est mon rêve.

- Tu vas aimer le paysage de ma terre. C'est sur la côte méditerranéenne, en Afrique du Nord. C'est un endroit très spécial où on ressent l'énergie de la beauté.

Lorsque nous ne comprenons pas beaucoup de choses qui nous arrivent, c'est que nous sommes déconnectés de notre origine. C'est aussi la raison pour laquelle nous sommes fragiles. J'y retourne dès que je peux pour diminuer le stress et charger de nouvelles énergies.

- J'aimerais voyager ton village. J'ai

l'impression que ma vie n'a pas commencé le jour où je suis née, parce que je me souviens et je comprends beaucoup de choses qui n'ont rien à voir avec le temps actuel, et non plus avec l'espace où je vis. C'est peut-être pour cela que j'aime tellement connaître de nouveaux endroits.

- Il se peut que tu sois dans un processus de connaitre ta véritable identité, ce qui implique de contempler l'histoire de ta vie pour en extraire un sens plus élevé, comme une synthèse supérieure de la croyance de tes parents, explique Kane.

- Mon père pensait que la vie consistait à maximiser le fait d'être vivant. Ma mère croyait plutôt au sacrifice et au bien commun, à travers le service aux autres, renonçant à elle-même, répond Sophia.

- Et toi, qu'est – ce que tu en penses? Quel point de vue préfères-tu, celui de ton père ou celui de ta mère?, demande Kane.

- Aucun des deux et les deux à la fois. Je crois que les deux sont corrects, mais à la fois incorrects. L'important est de vivre une vie où les deux se conjuguent. De ma mère, j'ai reçu la spiritualité et de mon père, la croissance personnelle, l'aventure et l'amour pour la vie. J'ai deux approches et je pense que je dois connaître plus celle de ma mère pour pouvoir concilier ces deux points de vue et évoluer, en trouvant ainsi la synthèse de ces deux courants. Je suis arrivée jusqu'ici, je souhaite en savoir plus. Ainsi je pourrai découvrir qui je suis réellement.

- C'est très intéressant. Et maintenant, qu'est – ce que tu penses faire ?

- Je sais que je suis guidée intimement vers la mission que je dois accomplir pour me sentir pleine et heureuse. Je dois trouver le point qui relie ces deux sangs. J'ai été préparée pour trouver une vérité supérieure, toute ma vie a été un chemin qui m'a conduite à te rencontrer.

Chaque fois que l'on croise le chemin de quelqu'un d'autre, c'est parce qu'il y a un message, et la façon avec laquelle nous répondons à ces rencontres détermine si nous sommes capables de le recevoir. Plus nous aimons et apprécions les autres, plus nous générons de l'énergie, et de cette façon nous avons plus de possibilités d'aller plus loin.

- Oui, je crois que nous sommes d'accord sur plusieurs points. Je me sens très à l'aise avec toi. Les personnes font partie d'une énergie. Lorsque nous avons des questions, elles apparaissent avec les réponses, et ainsi nous nous découvrons, explique-t-il.

Savais-tu que mon arrière-grand-mère était espagnole?

- Non, je pensais que tu étais français, répond Sophia.

- Non, quand tu auras visité mon pays, tu comprendras ce que je te dis.

- Ne serait-ce que tu es à la recherche de tes racines espagnoles et moi, de celles de mes parents? Je connais déjà l'origine de mon père, mais pas encore celle de ma mère. Je suis agréablement surprise. Ma rencontre avec toi a été très spéciale. Je crois qu'elle était prédestinée. Il y a une reconnaissance. Tu m'es familier, bien que je ne t'aie jamais vu auparavant.

Il existe une théorie qui dit qu'au sein du groupe de pensées auquel nous appartenons, les personnes évoluent suivant les mêmes lignes d'intérêts, et ces personnes se reconnaissent entre elles intuitivement, de façon à s'entraider pour s'élever. Chacun cherche à donner le meilleur de lui-même.

- Tu veux manger?, l'interrompt-il.

- Oh, oui, j'ai faim! Ce que tu prépares est délicieux, s'exclame Sophia.

- J´aime la cuisine. C'est-à-dire que tu penses que tu es la synthèse de tes parents, dit-il, tout en servant les délicieux plats qu'il avait préparés pour elle.

- Oui, et que nous sommes guidés intimement vers la mission que seul nous-mêmes pouvons accomplir pour nous sentir pleins et trouver le bonheur, en intégrant les deux sources de sang et ainsi parvenir à la vérité supérieure. Pour cela, je dois connaitre les détails de l'origine de ma mère, pour pouvoir définir mon archétype et savoir qui je suis, trouver mon bonheur, explique Sophia.

- J'aimerais t'aider, et surtout je veux - que tu connaisses ma terre, mes coutumes, ma culture, ma famille, mes amis, dit Kane.

- Pourquoi?, demande Sophia, sans comprendre trop bien la raison pour laquelle il insistait tellement.

- J'ai déjà été marié deux fois et cela n'a pas marché. Principalement parce qu'elles ne m'acceptaient pas, c'est-à-dire ma culture, ma famille. Je ne veux plus me tromper. Je veux être sûr que cette fois-ci je serai sur la bonne voie. Je vieillis. Dans quelques années j'aurai cinquante ans, et je n'ai plus le temps de me tromper. J'insiste,Sophia, viens dans mon village connaître ma culture mon. Si tu es d'accord, nous nous marierons, et tu n'as pas besoin d'abandonner ta religion pour devenir musulmane. Je te veux telle que tu es. L'amour est universel.

- Je te promets que j'y serai en septembre, affirme Sophia toute émue.

- Je ne te décevrai pas, continue-t-elle.

- Voici deux cadeaux que je veux que tu gardes avec toi, lui dit Kane.

- Qu'est-ce-que c'est?

- On l'appelle Khamsa ou Main de Fatima, et le chapelet musulman.

ALGERIE 2014

- Madame, veuillez passer par ici, je vais vous aider à remplir le formulaire, l'interpelle l'homme.

Sophia était surprise par sa propre audace.

.

Combien de kilomètres avait-elle parcouru et pour découvrir quoi? Elle se souvenait du rêve qu'elle avait fait quand elle était en France : « *Découvre qui il est.* »

En plus, la dernière lettre de Pierre parlait de son sang et elle était complètement perplexe.

- Quel est le motif de votre visite en Algérie, Madame? Interroge l'homme, en l'interrompant dans ses pensées.

Sophia était à l'aéroport et en attendant ses valises, elle cherchait du regard le frère de Kane.

- Touriste, répond-elle en le regardant d'un air méfiant, ce à quoi l'homme a répondu.

- Ne vous inquiétez pas, Madame, je suis un ami de la famille. Je vais vous aider à remplir le formulaire et à récupérer vos bagages. Le frère de Kane vous attend à l'extérieur, dit l'homme en lui souriant d'un air complice.

A ce moment – là, Sophia se sentit plus détendue et tranquille. Jamais auparavant, elle n'avait été dans un pays aux coutumes aussi différentes. Elle se demandait ce qu'elle faisait dans cet endroit.

- Avez-vous fait bon voyage, Mademoiselle?, lui a demandé un homme aux cheveux gris, athlétique, d´environ 45 ans. Il était là, à l'attendre, comme lui avait dit l´homme de l´aéroport. Sophia était émue, Il lui semblait très familier, il ressemblait beaucoup à Kane.

- Oui ! le voyage a été très agréable, a répondu Sophia.

- Je suis le frère de Kane. Je m'appelle Nadir. J'ai été surpris que tu viennes sans lui, mais je prendrai soin de toi. On récupère ta valise et nous allons chez mes parents, où tu seras logée, explique-t-il.

Sophia le laissait s'occuper de tout, portée par l'émotion d'être dans un endroit nouveau et très différent. Elle sentait la chaleur du soleil sur sa peau, et s'attardait à regarder le paysage si majestueux qui s'offrait à ses yeux.

Elle se disait que cet endroit était exactement tel qu' elle l'avait imaginé. Un accueillant, avec une douce brise de mer et un merveilleux paysage qui se fondait avec la mer, les montagnes et le bleu du ciel totalement dégagé.

- Voici Halim, un ami de la famille. Il m'accompagne. Ici, c'est un peu dangereux pour les touristes, explique Nadir en se dirigeant vers la voiture.

Maintenant, nous irons à la montagne, où habitent mes parents. Ils ont une maison, d'où tu pourras voir la mer. Il y a une vue merveilleuse. J'habite dans un appartement près de chez mes parents. Cet endroit s'appelle Béjaïa, et il a une histoire très riche et intéressante.

Sophia s'installa dans le siège arrière de la voiture. Elle vit que Nadir l'observait par le rétroviseur et il lui a demandé :

- Quel est ce symbole que tu portes avec toi? Où tu l'as trouvé?

- Quel symbole?, demande-t-elle.

- Celui qui est collé sur ton sac,

- Oh!, on me l'a donné dans une conférence sur l'égyptologie.

- C'est un symbole très spécial pour nous, dit - il.

- Et qu'est – ce qu'il représente ? lui a demandé Sophia, très surprise par la question.

- Je te le dirai le moment venu, a répondu Nadir.

Ils ont pris quelque temps pour monter la colline et ils se sont garés.

- Nous sommes à la maison. Ma mère nous attend.

- Sophia, c'est toi?, demande une agréable voix. Une dame d'environ 70 ans, aux cheveux blancs, se tenait devant la lourde porte en bois. Elle avait le regard gentil, elle semblait patiente et douce.

- Nous t'attendons depuis septembre, lui dit – elle.

- Oui, c'est moi, Sophia, dit-elle, alors que ses yeux se remplissaient de larmes. Elle était très émue. Cet endroit avait un je-ne- sais-quoi, qui la faisait se sentir très à l'aise . Sophia était heureuse. Cela faisait presque trois mois qu'elle planifiait son voyage, et le jour était finalement arrivé. La maison de Kane se situait dans une ruelle étroite et avait été peinte récemment en couleur rose foncé.

- Je suis Tanirt. Entre, lui dit-elle.

Sophia la regardait avec attention, cette femme lui semblait très aristocratique, mais à la fois très simple et douce.

Elle est entrée dans la maison, et rapidement, la balayait du regard.

C'était comme elle l'avait imaginée, finement décorée, et encore une fois avec des arabesques, la peinture parsemée de paillettes donnait un air moderne et magique.

Elle a vu un escalier avec des détails en fer qui conduisait à la partie supérieure de la maison, et un autre escalier vers le bas, qui conduisait, elle l'apprendra par la suite, à la cave et au jardin.

Ils sont allés au salon. Accrochés au mur, il y avait quelques tableaux avec des motifs du désert, des tapis moelleux, et une large baie vitrée qui donnait sur un paysage magnifique. Elle n'y voyait pas très bien à cause des rayons de soleil intenses qui pénétraient par les balcons de la maison.

A ce moment – là, un homme âgé, aux cheveux blancs, mais avec un corps athlétique qui rappelait l'ancien sportif, est entré. C'était le père de Kane.

- Bonne après-midi ! Ma grand-mère était

espagnole, et la grand-mère de mon épouse, française, dit l'homme dans un espagnol assez mauvais. Et c'est ainsi que commença une agréable conversation qui durera toute l'après-midi, et qui se répétera tout les jours pendant le séjour de Sophia chez Kane.

Ils se sont mis à table, et comme dessert, ils ont dégusté les mandarines du jardin que le père de Kane avait ramassées, et ensuite le café.

En fin d'après-midi, Sophia a pris congé et elle est montée à l'étage pour s'installer dans sa nouvelle chambre.

Le lendemain matin, avec le bruit des singes et des oiseaux, Sophia s'est réveillée.

En ouvrant les yeux, elle a trouvé tout très étrange. Pendant un court moment, elle s'est demandé où elle était.

Tout à coup, et elle s'est rendu compte qu'elle était chez les parents de Kane, et qu'elle avait dormi dans la chambre de la sœur de Kane.

L´aurore était ensoleillée et agréable. Elle s'est levée et a ouvert les portes qui donnaient sur un balcon. Elle était stupéfaite devant ce merveilleux paysage: une magnifique mer bleue au pied d´une chaîne de montagnes, avec des reflets dorés par le soleil. Au loin, on apercevait un bateau. Le matin s´ouvrait telle une belle fleur. Soudain, on entendait dans la forêt les cris de singes, le chant des oiseaux et on ressentait l´arôme de la mère nature.

Elle se sentait heureuse. Quelque chose au fond de son cœur lui disait qu´elle pourrait connaître beaucoup de choses intéressantes. Encore une fois elle est sortie sur le balcon pour contempler le paysage matinal.

La nature était alors complètement éveillée.

Après un bon moment, elle a pris une douche et puis elle est descendue dans la salle à manger.

Tanirt. était dans la cuisine.

- Bonjour ! a salué Sophia

- Bonjour ! Tu as bien dormi?, dit la gentille dame.

- Oui, et vous?

Le père de Kane se reposait sur un canapé.

- Bien, merci. Tu veux un café ?

- J´ai besoin d´eau chaude, demande Sophia, tout en préparant son thé.

- Qu´est-ce-que c´est?, dit Tanirt.

- C´est un thé de mon pays, une infusion qui se prépare avec de l´eau chaude, de l´Ilex paraguariensis et de la stevia, explique Sophia.

J´ai apporté aussi de petits pains, et elle leur tend des petits pains ronds et salés.

- Oh! De quoi sont-ils faits?

- Ils sont préparés avec de la farine de maïs, de l´amidon de manioc, des œufs, du fromage, de l´anis et un peu de sel et de beurre.

- C´est délicieux, cela pourrait se préparer peut-être aussi avec du ....- se disait Tanirt, en mordant le petit pain.

   Et, comment l´apellez-vous?

- On l´appelle chipa, une sorte de pain typique de mon pays, explique Sophia.

- C´est délicieux, affirma Tanirt encore une fois.

- Mais ceci ne se compare pas avec la cuisine algérienne, qui est l´une des plus délicieuses du monde. J´ai mangé le célèbre couscous avec Kane. Il fait très bien la cuisine. D´ailleurs, comment se prépare le couscous?

- On peut préparer le couscous de plusieurs manières, avec de la viande d´agneau, de poulet ou de poisson, avec des légumes, en sauce rouge ou blanche, à la crème, etc., mais les soupes aussi sont délicieuses, ainsi que les pâtisseries avec des amandes, des noix, du sésame, frites ou cuites au four, avec du thé à la menthe ou du café. Elles sont délicieuses après chaque repas!

- Oui, je veux goûter à tout ! répond Sophia.

Plusieurs jours se sont écoulés. Elle était heureuse et attendait l´arrivée de Kane, mais en revanche, elle reçut un message qui disait:

Chère Sophia,

Tu me manques, ma seule consolation est de savoir que tu m´aimes autant que je t'aime.

Je ne pourrai pas te rejoindre en Afrique, j´ai quelques soucis financiers qui m´obligent à rester en France. Heureusement, je suis en train de tout résoudre.

Ce poème est pour toi. Ainsi je me sens plus proche de mon aimée.

J´espère que ton séjour avec ma famille et dans mon pays te plaira.

Je pense à toi avec tout mon amour.

Kane

PABLO NERUDA

Je me souviens de toi telle que tu étais en ce dernier automne:

un simple béret gris avec le cœur en paix.

Dans tes yeux combattaient les feux du crépuscule.
Et les feuilles tombaient sur les eaux de ton âme.

Enroulée à mes bras comme un volubilis,

les feuilles recueillaient ta voix lente et paisible.
Un bûcher de stupeur où ma soif se con-
somme. Douce jacinthe bleue qui se tord sur
mon âme.

Je sens tes yeux qui vont et l'automne est dis-
tant: béret gris, cris d'oiseau, cœur où l'on est
chez soi et vers eux émigraient mes désirs si
profonds

et mes baisers tombaient joyeux comme des braises.

Le ciel vu d'un bateau. Les champs vus des collines:
lumière, étang de paix, fumée, ton souvenir.

Au-delà de tes yeux brûlaient les crépuscules.
Sur ton âme tournaient les feuilles de l'automne.

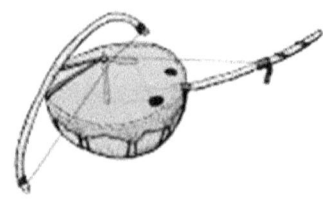

CHAPITRE 2

LE SYMBOLE ET LA PRINCESSE TIN HINAN

Princesse Tin Hinan

Bracelet traditionnel

Nadir venait chez ses parents pour manger et tenir compagnie à Sophia.

Après le déjeuner, comme d´habitude, ils passaient au salon pour prendre le café.

- Sais-tu ce que signifie le symbole que tu portes sur ton sac?, demande Nadir.

- Non, tu m´as dit que tu me l´expliquerais, répond Sophia.

- Hommes libres, affirme-t-il.

- Oh!, s´exclame-t-elle, surprise. Elle portait ce symbole toujours avec elle, mais elle ne savait certainement pas ce qu´il pouvait signifier.

- Je le porte toujours avec moi.

- On l´appelle Amazigh. C´est un symbole berbère. Le symbole des hommes originaires d´ici.

- J´ai assisté à une conférence sur la culture égyptienne, et c´est là qu'on me l´a offert. J´aimerais savoir quelle est la relation. Je pensais que c´était un symbole d´origine égyptien, raconte Sophia.

- Les berbères se disent Imazighen ou Amazigh. Ce qui signifie des hommes libres, et celui-ci est leur symbole.

Nous sommes un peuple étranger qui a remplacé l'ethnie originaire.Le Sahara était un vaste jardin vert, avant de se désertifier. Les anciens habitants du Sahara étaient représentés dans les hiéroglyphes par des personnages aux cheveux longs, tatoués, vêtus d'habits de cérémonie et de pendentifs aux couleurs vives, similaires à des images égyptiennes. Le Sahara a été pendant beaucoup de temps, un lieu caché et mystérieux.

Raconte – moi plus, dit Sophia, en

s'installant sur le tapis. Elle aimait partager ces moments avec Nadir. Elle se disait que si elle n'avait pas rencontré Kane avant, elle serait tombée amoureuse de lui. Il était si viril, mais en même temps, patient, doux, et ces cheveux grissonnants qui feraient fantasmer n'importe quelle femme. On aurait dit un acteur de cinéma.

- La légende dit que, il y a plusieurs années, continue Nadir très enthousiaste, sans se douter des pensées de son interlocutrice, au cœur du Sahara, vivait une femme splendide, appelée Tin Hinan.

Pour les touaregs, Tin Hinan, « celle des tentes », fut une princesse berbère qui avait émigré depuis la région de l'Atlas, région de l'actuel Maroc, probablement de Tafitali, en traversant le Sahara sur le dos d'une chamelle blanche. On croit qu'elle était descendante des Dieux de l'Atlantide, en particulier de Zeus, un dieu de la mythologie grecque. On disait que les dieux de l'Atlantide seraient par la suite les dieux de l'Ancien Egypte, la Grèce, l'Amérique et l'Europe du Nord. Lorsque l'Atlantide a disparu, ils sont partis se réfugier dans ces endroits. Le frère de Zeus était Poséidon, le Dieu de la Mer, qui fonda l'Atlantide.

On dit qu'elle a été une héroïne et la future fondatrice du peuple touareg. Après une longue marche de presque 1.400 kilomètres, elle s'établit à Abalessa, à proximité de Tamanrrasset, au sud de l'Algérie, dans le désert, une zone fertile pour l'agriculture et l'élevage.

Nous sommes des descendants de la princesse Tin Hinan, qui est ensuite devenue la Reine des Berbères.

- Attends, tu veux dire que vous n'êtes pas arabes?, lui a demandé Sophia, en s'accommodant sur le tapis.

- Et ce que j'ai collé sur mon sac, c'est votre symbole? C'est pour cela que tu m'as interrogée lorsque je suis arrivée ?

- C'est pour cela, affirme Nadir. Nous ne sommes pas arabes, on nous appelle aussi Kabyles.

- Voilà ce que Kane voulait que je sache, continue Sophia.

- Oui, c'est bien cela, répond Nadir, et il continuait à parler. L'histoire raconte que Tin Hinan est venue en compagnie de sa fille Kella et de sa servante, Takamat, du Sud du Maroc, jusqu'à *Hoggar*, pour gouverner une tribu qui a donnée leur origine aux touaregs, les hommes bleus, les nomades du désert.

On ne sait pas comment la princesse qui venait d'arriver a pu unifier les divers clans pour affronter les arabes.

C'était une femme grande et mince. Elle mesurait presque deux mètres, elle était très belle, avait la peau tannée et les yeux bleus. La tribu vivait près d'une ville appelée "La ville des immortels", traversée par un fleuve, et ceux qui buvaient de son eau devenait immortels.

Ce peuple connaissait un type d'or en particulier, appelé monatomique.

On dit qu'il se trouvait dans l'eau, et que cet or donnait l'immortalité à ceux qui le buvaient.

On dit que l'or s'annexait à l'ADN, à travers le courant sanguin et remplaçait le fer.

- Je n'en avais jamais entendu parler, s'exclama Sophia.

Elle se sentait familiarisée avec ces histoires. Elle sentait qu'elle connaissait la princesse et qu'elle faisait partie de ces terres.

- Il se présente sous forme de poudre blanche. Il est un peu différent de l'or commun que nous connaissons. C'est un or très pur qui conduit l'énergie sans pertes.

- On dit que lorsque la princesse en consommait, elle devenait une femme aux pouvoirs surnaturels.

- Cela voudrait dire que cet or serait le secret de la beauté et de la longévité de Tin Hinan?, demande Sophia très curieuse.

- Oui. On dit que c'était la raison de son immortalité. Cela lui permettait d'assimiler des quantités d'information, tel un super ordinateur, et lorsqu'elle en avait assez consommé, cela lui permettait de se déplacer à travers d'autres dimensions et changer de forme. Son cerveau s'activait pour ouvrir ces zones. Toutes les cellules de son corps rajeunissaient, y compris celles de son cerveau, dit – il.

- Oh! C'est fantastique, dit Sophia.

- Son corps physique devenait lumineux. C'est pour cela que l'on l'appelait la fille des dieux, "comme le soleil", ajoute Nadir.

L'or monatomique peut se faire et s´obtenir à partir de l'or commun mélangé à certains minéraux.

Déjà les anciens sumériens, babyloniens, phéniciens et égyptiens, entre eux la classe noble des touaregs, l'utilisèrent. Leur élite gouvernante le préparait et cela leur donnait un potentiel mental caché au reste de la population.

Cet or monatomique a été découvert pendant la fabrication d'objets en or pour le pharaon. Fabrication qui était réalisée dans des fours adaptés à cet usage. Pendant les procédés de fonte et de fabrication, il restait toujours des résidus d'or dans le four. Ces restes subissaient continuellement la fonte et la solidification, le refroidissement et le réchauffement, puisqu'ils n'étaient pas retirés du four. Avec le temps, les artisans découvrirent des petites quantités d'une poudre blanche aux endroits où les résidus s'étaient accumulés. Ils s'étaient transformés en une étrange poudre blanche.

Certains artisans eurent l'idée de la manger, et là, le miracle s'était produit.

Ils se trouvaient devant la substance la plus puissante du monde, capable de modifier la conscience et le corps. Elle avait des effets puissants qui duraient plusieurs jours. Les personnes qui en consommaient ne seraient plus jamais les mêmes.

- J'ai entendu parler d'une poudre similaire qui est consommée en Inde. Mais je ne sais pas s'il s'agit de la même, ajoute Sophia.

- Oui, en Inde, à l'époque médiévale, les familles l'obtenaient de manière artisanale. Elles enveloppaient l'or commun et le mettaient sur un bûcher qui le fondait pour obtenir la précieuse poudre blanche.

Selon des informations que j'ai lues en 2003, dans les Monts Bucegi, en Roumanie, cette poudre blanche, l'or monatomique, a été trouvé sous sa forme la plus pure. Son effet le plus impressionnant, c'est qu'il empêche le vieillissement des cellules du corps. C'est ainsi qu'un homme peut vivre dans le même corps pendant des milliers d'années, à condition de consommer une certaine quantité de cet or régulièrement.

- Dis-moi Nadir, la poudre blanche qu'on appelle vibhuti et la manne, est-ce le même or monatomique auquel tu fais référence ?

- Je ne le sais pas. Il se pourrait, répond Nadir, la princesse Tin Hinan ne vieillissait pas, elle ne tombait pas malade non plus, car il avait aussi des propriétés de guérison. Il alignait ses cellules en dispersant les blocages et les déséquilibres.

Il s'appelle aussi « poudre de projection » avec des pouvoirs extraordinaires de lévitation, transmutation et télé-transportation.

On dit qu'il produisait une lumière brillante

et des rayons mortels, étant en même temps la clé d'une active longévité physique. C'était le secret de la princesse Tin Hinan.

Ses effets puissants duraient plusieurs jours en ceux qui l'avaient consommé, et par la suite ces personnes ne seraient plus jamais comme avant. Elles devenaient des « dieux vivants ».

Cela explique pourquoi elle pouvait vivre aussi longtemps, et plusieurs aspects mystérieux de son incroyable longévité.

Il y en a qui assurent que Tin Hinan s'est mêlée avec les dieux pour créer une nouvelle race. Des hommes très grands, aux cheveux blonds et aux yeux étirés, provenant d'Orion, et qui furent les pères de son peuple.

- C'est-à-dire que toi, Kane et toute ta famille, vous faites partie de ce peuple ?, demande Sophia en faisant un geste d'incrédulité.

- C'est possible. Il y a un endroit dans le désert du Sahara, nommé Tassili, qui est considéré la Chapelle Sixtine de l'art rupestre. On y trouve quelques labyrinthes circulaires, comme une spirale, qui représentent l'unité, l'énergie créatrice et l'éternité.

Il y a une collection d'art rupestre très ancienne, et des milliers de millions de peintures qui représentent des figures très étranges de personnages avec des casques, des gants, des bottes,des scaphandres et dans certains cas, des figures avec des antennes semblables à celles des astronautes de nos jours.

On croit que beaucoup de femmes dans cette région ont été kidnappées par des extraterrestres et ensuite rendues avec la semence d'une nouvelle race.

- Et quelle connexion y-a-t-il entre Tassili et l'Egypte?, demande Sophia.

- On croit que l'Egypte a ses origines à Tassili, c'était aussi la place des dieux. Amon était le dieu le plus distingué que les berbères et les égyptiens. avaient en commun. Ils adoraient le soleil et la lune. Ils croyaient au jardin de l'Eden, à la magie, aux esprits bons et mauvais.

La culture atlante était la base de leurs connaissances, tout comme en Amérique, Irlande, Espagne, Italie, ainsi que pour les civilisations primitives qui proviennent d´un passé commun. L´Atlantide et son sang coulent encore dans nos veines.

- Tout cela me fait réfléchir. Est-ce qu'il est possible que le secret des anciennes constructions soit dû à la consommation de l'or monatomique ? Il y a des personnes qui sont devenues multimillionnaires en accumulant beaucoup d'or, pour des raisons qui n'ont pas forcément une relation avec l'économie, dit Sophia.

- C'est bien possible. Dans l'Antiquité, les égyptiens consommaient un pain spécial, qui contenait cet or.

- Et de nos jours, y-a-t-il des personnes qui le consomment?, demande Sophia.

- Je l'ignore, mais dans la médecine asiatique, il est utilisé pour guérir certaines maladies. Je connais l'histoire d'une femme qui avait une tumeur dans la tête. Elle a suivi un traitement avec des piqûres en petites doses d'or monatomique.

- Dits-moi, et qu'est ce qu'on sait de la vie sentimentale de la princesse Tin Hinan? On dit qu'elle avait beaucoup d'amants, dit Sophia, d'un ton curieux.

- Tin Hinan était une femme d'une beauté

fatale. Souvent, ses visiteurs devenaient ses amants, mais seulement pendant une courte période. Quand elle se lassait de ses amants, ils étaient assassinés et soumis à une curieuse forme de momification.

Les corps étaient introduits dans un bain d'électrolytes d'orichalque et d'argent, appelé aussi cuivre des montagnes, qui leur donnait un aspect de reproductions de sculptures parfaites. L'orichalque était un minéral très apprécié, plus que l'or dans l'Atlantide. Il avait aussi des usages religieux.

Ces sinistres statues, avec une inscription indiquant l'identité et la date de la mort, décoraient les appartements de la reine.

On croit que c'est une princesse qui aéchappé à l'époque de la non moins mythique Atlantide, pour finir ses jours dans la région d'Abalessa, dans le *Hoggar,* l'un des endroits les plus beaux du Sahara.

Abalessa était une colonie de l'Atlantide, qui occupait une vallée-oasis, presque totalement fermée vers l'extérieur, la seule voie de communication étant une série de galeries sous – terraines.

Les constructions étaient faites des matériaux les plus riches, y compris, probablement, le mystérieux ori-chalque, identifié comme un minéral d'aspect similaire au bronze, bien que plus clair.

L'eau sous - terraine alimentait les potagers et les splendides jardins, tandis que les pics qui entouraient la vallée étaient couverts de neige presque toute l'année. Les potagers et les fermes produisaient des fruits savoureux, mais aussi un vin de très bonne qualité.

Tout près se trouvait la nommée Ville des Immortels, et le fleuve qui, soi-disant, donnait l'immortalité.

D'après les histoires, c'est dans ces montagnes où la légendaire princesse Tin Hinan a réuni pour la première fois les touaregs en un seul peuple, et se convertit en reine de la tribu, le Kel Ahaggar.

Ils portent un voile bleu, qui leur donne un air mystérieux et princier.

La culture berbère la plus authentique converge vers les touaregs. Jusqu'au jour d'aujourd'hui, ils vivent comme des nomades dans le Sahara. Leur princesse Tin Hinan possédait beaucoup de caractéristiques d'une reine amazone.

Malgré leurs difficultés et leur méconnaissance du monde extérieur, ils se sont maintenus très bien informés et des manuscrits très anciens, inconnus du monde, y ont été retrouvés.

On dit que la majorité de la population de la ville avait la peau, les yeux et les cheveux foncés, mais que certains, tout comme la propre Tin Hinan, avaient les yeux bleus et la peau plus claire. Apparemment, il s'agissait de l'Atlantide originale, non pas submergée comme l'interprète la majorité, mais c'est la terre aux alentours qui se serait élevée, laissant l'ancienne ile isolée à l'intérieur du continent.

- Et que sait-on des explorations réalisées dans ces endroits?, demande Sophia.

- On dit que dans *le Hoggar,* il y avait une ouverture rustique entre les pierres, don't l'accès était entravé par la surprenante présence de barres métalliques.

En regardant vers l'intérieur, un explorateur se rendit compte qu'il s'agissait d'une sorte de soupirail. Craignant d'alerter les touaregs de sa présence, il ne put déterminer la profondeur. Il dit que dans le sous-sol il y avait des kilomètres de galeries souterraines, éclairées tout simplement par la lumière des torches.

Le plus surprenant c'est qu'il y avait un merveilleux lac artifciel autour duquel se conservaient les anciens écrits des ancêtres des touaregs, qui soi-disant remontaient au Déluge.

Les murs en pierre étaient couverts d'inscriptions et de représentations de girafes, éléphants, buffles, antilopes et autruches.

- C'est une théorie un peu farfelue. Est-ce qu'il s'agit de la même Atlantide à laquelle fait référence Platon dans ses œuvres?, demande Sophia.

- Je ne suis pas d'accord avec toi, de dire que l'idée est farfelue. L'Atlantide, avec une localisation au Nord de l'Afrique, a existé. Le plus probable est que celle-ci ne soit qu'une colonie ancienne et mineure, et non pas la grande ville décrite par Platon. Celle-ci aurait été bâtie après la destruction de l'ile mère et imiterait la structure de son ancienne capitale.

On suppose que, si l'Atlantide a existé et a disparu il y a des milliers d'années, il est très probable que son peuple et sa culture ont émigré vers ce qui est aujourd'hui le Sahara.

Les Pharaons n'ont pas légué la science antique, ce sont plutôt les Atlantes qui ont tracé l'histoire de l'Ancien Egypte, qui s'origine à Tassili.

Anciennement dans la religion et la croyance des berbères, il y avait le culte à Amon Ra, Dieu du Soleil. Alexandre le Grand a été décoré par la divinité dans l'oracle de la source du soleil. C'est pour cela que les principales prières se font au lever et au coucher du soleil.

Les Touaregs, ces chevaliers du désert, gardent un grand mystère dans leurs traditions, qui ne présentent aucune analogie avec celles d'autres tribus de la Terre.

Ils disent aussi qu'un grand déluge a eu lieu il y a des milliers d'années, et que toutes les côtes ont été détruites par de grands tsunamis. Les seules côtes à l'abri de cette destruction auraient été celles du Maroc, l'Algérie et Tunis, protégées par les montagnes appelées Atlas. On dit également que cet endroit était l'Eden.

- La princesse a été la fondatrice de la tribu des « hommes libres », comme se proclament les Touaregs ? C'est ce symbole que je porte avec moi?, demande Sophia.

- Oui, en effet, il répondit.

- Puis-je visiter l'endroit où a vécu la princesse?, demande Sophia d'un air très intéressée.

- Bien sûr, mais c'est un peu

loin. C'est à trois heures de vol depuis la capitale de l'Algérie, Alger, explique Nadir.

- J'aimerais y aller. Cela m'a fait réfléchir et maintenant je comprends pourquoi j'étais attirée p a r l ' i d é e de venir vers ces terres. Mon père était d'origine celte. Et on croit que les celtes ont des influences des Atlantes, et maintenant je confirme que les berbères les ont eux aussi.

Maintenant, il me reste à découvrir la r é p o n s e à d'autres interrogations que je me suis toujours posées. Sophia était fascinée, elle se disait que, s'il y a d'autres vies, elle avait été l à dans une vie antérieure.

- Il se fait tard, nous devons dormir. Demain nous irons dans le désert. Bonne nuit, et il sort.

- Bonne nuit, répond Sophia.

LES HOMMES BLEUS

Apres plusieurs heures, ils sont arrivés finalement dans le désert. Ils avaient beaucoup voyagé et presque sans s'arrêter. L'objectif était d'arriver avant le coucher du soleil et de profiter des dernières heures de lumière.

Des hommes les attendaient, les chevaliers du désert, avec leurs élégants turbans. Ils semblaient des princes au milieu du désert de sable rouge et sous le soleil brûlant qui donnait un aspect coloré et extravagant au paysage.

Sophia était heureuse. Malgré la chaleur, elle était enveloppée de foulards que Kane lui avait offerts, comme une façon d'être avec lui et de profiter du moment. Très enthousiaste, elle est descendue du véhicule et sans plus de protocole elle a commencé à discuter avec un jeune, à la peau cuivrée, qui lui rappelait la raison qui l'avait conduite à ces terres si lointaines, Kane.

- Ces turbans sont si beaux!, s'exclame Sophia, en admirant l'habillement du jeune homme.

- Ils me permettent de protéger mon visage dans le désert, lorsque le sable se lève, et à la fois, de pouvoir continuer à voir et à respirer, explique le garçon.

La peau prend des tons bleus, à cause de la teinture des tissus. C'est pour cela que nous sommes les hommes bleus, héritiers de l'ancien peuple des Garamantes.

Le turban indigo, le "tagelmust", porté par les hommes, et qui découvre seulement les yeux, laisse voir un peu de peau.

Les "tagelmust" ont différentes couleurs selon la classe sociale à laquelle chacun appartient. Le bleu indigo pour les nobles, le noir pour le peuple, et le blanc pour les esclaves.

Les "tagelmust" ont, non seulement des fonctions pratiques, comme la protection contre les rayons du soleil, mais aussi symboliques, ils protègent la bouche pour empêcher d'avaler des esprits maléfiques.

- Vous êtes les maîtres du désert, affirme Sophia.

- Nous sommes les hommes libres, les Kabyles. Dans le désert, le temps n'existe pas, dit le jeune homme.

- J'aime la couleur bleue. C'est ma couleur préférée. Pourquoi l'utilisez-vous?,demande Sophia.

- Le bleu est la couleur dominante du ciel, le toit de notre maison, explique le jeune homme.

- Comment préparez-vous ce bleu indigo intense? Il est si beau.

- Avec une plante appelée indigo, mélangée avec d'autres pigments naturels.

- Combien d'habitants êtes-vous actuellement?

- Environ trois millions, et la majorité encore nomade. Mais la population diminue. Notre culture tend à disparaitre, principalement la langue, parce que les enfants apprennent seulement l'arabe ou le français. Les gouvernements concernés par le Sahara, réussissent à faire aboutir leurs projets d'exploitation pétrolière et de communications transsahariennes. Il est probable que de cette façon, dans peu de temps, notre culture deviendra un souvenir. Notre ethnie est l'ethnie berbère, notre alphabet, le tifinagh. Nous sommes les descendants de la princesse Tin Hinan, dernière reine Atlante.

- Ce serait dommage. J´aimerais pouvoir vous aider à préserver cette culture si intéressante, dit Sophia.

- Qu'est –ce que vous faites comme travail?

- Nous conduisons les troupeaux de chameaux, chèvres, agneaux, vaches et ânes aux pâturages.

- Comment t'appelles-tu?

- Mohamed, dit le jeune homme, tout comme mon père et mon grand-père.

- Tu as quell âge?

- Je ne connais pas mon âge. Dans le désert, le temps n'existe pas. Nous ne mesurons pas le temps comme les occidentaux.

- Tu as l'air très jeune.

Quels souvenirs gardes-tu de ton enfance dans le désert ?

- Je me réveille avec le soleil. Les chèvres de mon père sont là. Elles nous donnent du lait et de la viande. Nous les conduisons où il y a de l'eau et de l'herbe. Ainsi l'ont fait mon arrière-grand-père, mon grand-père, mon père, et moi. Il n'y avait rien d'autre au monde, à part cela!

- Ah, oui ? Cela ne me semble pas très passionnant.

- Pourtant, à partir de sept ans, ils nous permettent de nous éloigner du campement. Ainsi, ils nous enseignent les choses importantes, à sentir l'air, écouter, aiguiser la vue, s'orienter par le soleil et les étoiles, et à se laisser mener par un chameau. Si tu te perds, il te conduira loù il y a de l'eau.

- Connaître tout cela est précieux, sans doute.

- Ici tout est simple et profond. Il y a très peu de choses, mais chacune a une énorme valeur !

- Alors ce monde que tu décris et l'autre sont très différents, n'est-ce-pas ?

- Ici, chaque petite chose nous apporte de la joie. Chaque frôlement est apprécié. Nous sentons une grande joie par le simple fait de nous toucher, et d'être ensemble! Le rêve est devenu la réalité.

- Tu as entendu parler de l'Europe ?

- Oui. Il y a beaucoup de gens qui courent dans tous les sens.

Dans le désert, on ne court que quand il y a une tempête de sable!

Ici le plus difficile est de trouver de l'eau. L'année dernière il y a eu une grande sécheresse. Les animaux sont morts, nous sommes tombés malades... et ma mère est décédée... Elle était tout pour moi! Elle me racontait des histoires et m'apprenait à les raconter aussi. Elle m'a appris comment être moi- même.

- Le désert est toujours si silencieux?

- Si tu es seul dans ce silence, tu entendras les battements de ton cœur. Il n'y a pas de meilleur endroit pour se retrouver soi-même.

- Tu sais lire?

- Oui, l'école est à douze kilomètres.

- Et tu aimes lire?

- Une fois, une dame est venue nous voir, elle m'a offert un livre. Je me suis promis qu'un jour je serais capable de le lire.

- Et tu as réussi ?

- Oui, et finalement elle a voulu que j'aille faire des études en Suisse.

- A l'université ? demanda Sophie.

- Oui.

- Et tu étais d'accord ?

- Je ne sais pas. En Suisse, les gens sont tout le temps pressés. Dans le désert, les gens ne se bousculent pas.

- Qu'est-ce que tu aimes le plus du désert ?

- Boire du lait de chamelle, le thé, le feu de bois, le coucher du soleil, regarder les étoiles la nuit et voir que chaque étoile est différente à l'autre.

- Et les traditions?

- Les mains et les pieds, nous les décorons avec du henné, en particulier pour les mariages.

- Qu'est ce que cela signifie ?

- Cela a plusieurs significations.

- Et les symbolismes?

- Les femmes touaregs sont majoritairement de foi musulmane. Contrairement à la majorité des autres groupes islamiques, elles bénéficient d'une certaine liberté. Ceci est important dans la communauté car la garde et la transmission des traditions orales sont confiées aux femmes.

En outre, les femmes peuvent divorcer et dans ce cas le mari perd pratiquement tout, parce que les tentes appartiennent aux femmes.

La structure familiale des touaregs, héritage des ancêtres berbères, la stratification en castes, viennent de la culture arabo-musulmane. En fait, ce furent les marchés arabes les diffuseurs de la religion islamique, qui venait avec le trafic commercial par les routes transsahariennes. C'est ainsi que les touaregs s'initient dans le transport de marchandises, en se déplaçant dans le désert avec des caravanes et des dromadaires.

Aujourd'hui, les anciennes traversées du désert sont

gardées comme des souvenirs dans les tribus avec le rituel du thé, préparé trois fois, l'une pour l'hôte, l'autre pour soi - même et le dernier pour Allah. Cette tradition a été aujourd'hui remplacée, et les trois différentes façons de faire bouillir le thé correspondent à trois différentes quantités de sucre, liées à trois grandes émotions, qui peuvent changer d'ordre selon l'envie et l'humeur de celui qui sert. Le premier se sert fort comme l'amour, le second amer comme la vie et le troisième doux comme la mort.

Après un long silence et absorbés par le paysage du désert, Sophia lui demande

- Que signifie ce symbole? Kane me l'a offert avant de venir, explique Sophia, en lui montrant une amulette en argent, la représentation d'une main avec les doigts pliés dirigés vers le sol.

- On l'appelle Khamsa ou Main de Fatima. C'est un symbole de fidé-lité, de protection et de santé. Il existe une légende à ce sujet.

- Que raconte la légende?

- La légende dit que :

"Le prophète Mahomet, fondateur de l'Islam, eut une fille, la belle et virtuose Fatima, à laquelle les musulmans vénèrent avec une grande dévotion. On dit qu'à une occasion, Fatima était très occu-pée dans la cuisine, à préparer le repas lorsque son mari, l'Imam Ali, arrive de façon inattendue. L'ayant entendu, Fatima aban-donne pour un instant ses activi-tés et va le recevoir. Cependant, elle a été fortement déçue et

triste en voyant que son époux arrive accompagné d'une belle et jeune concubine. Prudente, Fatima gardait le silence, et tourmentée par la jalousie, retourne dans la cuisine. Plongée dans de sombres et tristes pensées, elle n'a pas fait attention à ce qu'elle faisait: elle avait une casserole sur le feu avec une soupe bouillante. Faisant plus attention à sa tristesse qu'à son travail, elle a plongé la main dans la casserole et commençait à remuer la soupe. Elle était si absorbée qu'elle ne sentit aucune douleur, mais Ali la regardait faire, et, horrifié, s'est jeté sur elle en criant. Ce n'est qu'à ce moment que Fatima se rend compte qu'elle était en train de se brûler la main et la retire de la casserole."

A partir de ce moment, la Main de Fatima est devenue un symbole important dans le monde musulman. On croit qu'elle est un porte – bonheur et ses adeptes lui attribuent les vertus de la patience et la fidélité.

Si Kane te l'a donnée, c'est qu'il souhaite ta fidélité, comme sa future épouse. On dit que cette amulette protège de l'infidélité, explique Mohamed.

- Il m'a aussi offert une sorte de chapelet, dit Sophia en le lui montrant.

- On l'appelle "tasbih". Il ressemble à un collier de 33 perles réunies. il n'y a pas très longtemps, les perles étaient en ambre. Aujourd'hui, elles sont faites avec d'autres matériels. Le collier est formé de 99 perles, mais pour le rendre plus pratique, il a été réduit à un tiers, avec l'obligation de le répéter trois fois pour arriver au numéro 99. Ce nombre représente les 99 noms ou attributs divins qui honorent le vrai Dieu.

- Connais-tu l'Imzad? J'en ai vu un chez Kane, demande Sophia.

- Oui, c'est notre instrument musical. C'est une grande calebasse recouverte de peau de chèvre. Il possède un bâton faisant office de manche et une corde unique de crin de cheval.

- Vous avez beaucoup d'autres traditions, dit Sophia, anxieuse d'en savoir plus.

- Ma grand-mère était une femme berbère, qui avait l'habitude de raconter des histoires. Ici, on dit que raconter des histoires guérit. Il s'agit le plus souvent d'histoires transmises de génération en génération.

- Raconte-moi une de ces histoires, demande Sophia.

- D'abord il faut créer une ambiance magique, la femme la plus âgée est chargée de transmettre ses histoires, tout comme l'a fait ma grand-mère.

- Pourquoi une femme âgée?

- Parce que l'on croit qu'elle n'a plus d'appétit sexuel. Ce jour-là, la femme ne doit rien faire, même pas se coiffer. Elle doit être complètement libre pour pouvoir être une sorte de baume pour les autres femmes. La femme âgée est coiffée et lavée par les autres femmes. Au coucher du soleil, elles se réunissent chez l'une d'entre elles et l'hôte initie le rituel. A chaque réunion, il faut changer de maison et celle-ci doit être propre et parfumée, avec suffisamment de nourriture et de boissons. Dans ce lieu, il n'y a pas d'inquiétude. Elles sont complètement déconnectées du monde extérieur. Les femmes qui assistent à ces réunions doivent être propres et nues, ceci signifie qu'elles n'ont pas de classe sociale et qu'elles sont toutes pareilles. Elles s'assoient sur le sol et boivent le thé. Les mains dans les mains, les yeux fermés, sauf l'hôte, l'histoire commence. Toutes participent. Certaines entrent en transe lorsqu'elles écoutent ces histoires. Elles se lèvent et s'agitent comme si elles dansaient. De cette façon, elles se libèrent. La parole narrée active les sens, isole la douleur, la solitude et les peurs.

Le jeune homme termine ainsi son récit. Avec elle les derniers rayons de soleil. Sophia et les autres visiteurs se réunissent autour du feu et boivent le thé.

Apres plusieurs jours passés dans le désert, ils retournent à Alger pour connaitre le lieu du repos de la dernière princesse atlante.

Les os de de la merveilleuse princesse Tin Hinan, étaient là, endormie dans un sommeil éternel, dans le musée du Bardo à Alger, loin de sa région aimée *Abalessa*, dans le *Hoggar*, l'un des endroits les plus beaux du Sahara. Elle était entourée de ses bijoux, de ses 613 colliers, bagues et bracelets en or et en argent.

Sophia était profondément émue, elle sentait près d'elle la présence de la princesse, sa source d'inspiration qui l'avait menée si loin pour connaitre et profiter d'une lointaine culture chargée de valeurs et de mystères.

A son retour à Béjaïa, elle s'occupa de connaitre un autre aspect de la culture de Kane, la religion.

La famille lui avait donné quelques articles qui expliquaient la foi et la croyance de l'Islam. Elle pouvait, dans peu de temps, se marier avec un homme d'une autre culture, et devait donc savoir quelque chose sur l'Islam. Par exemple, pour eux, l'une des choses importantes, c'est la prière.

Prier cinq fois par jour, une fois à l'aube, la deuxième...., la troisième...., la quatrième et la cinquième..... c'est comme se laver. Ils comprenaient que Dieu avait ordonné la prière comme un chemin vers la victoire, la prospérité, la joie et le succès.

La prière était comme un remède efficace pour les maux du cœur et de l'âme, ainsi que la lumière qui dissipe les ténèbres. Face à cette coutume, tous sont égaux, le riche, la pauvre, le grand, le petit, le prince, l'ambassadeur, le commun des mortels.

Celui qui s'éloigne de la prière, s'éloigne de l'Islam, provoquant la colère du Seigneur et allant contre des obligations religieuses. Celui qui détruit le pilier de sa religion, a désobéi l'ordre du Seigneur.

La véritable foi dans l'Islam est celle qui est

confirmée par une pratique selon les règles de cette foi. Celle-ci ne s'obtient pas à partir d'un désir futile, mais elle s'enracine dans le cœur et se confirme par l'action.

Celles-ci furent les explications de Kane sur l'Islam. Mais Sophia savait qu'il était au - delà de toutes ces croyances religieuses. Kane pensait que la religion était pour ceux qui avaient besoin de quelqu'un qui leur dise ce qu'ils doivent faire et veulent être guidés.

A partir de cette petite lecture, c'était le début de la vie en commun avec une culture que Sophia avait adoptée depuis le début par amour. Il n'y avait rien à discuter, simplement accepter la diversité.

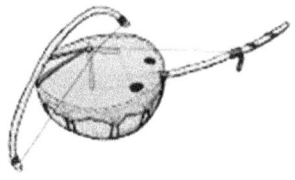

CHAPITRE 3

FIBONACCI - DA VINCI - GAUDI

Série de Fibonacci

Lilium candidum-Da Vinci

- Aujourd´hui, une amie viendra te chercher. Avec elle, tu iras visiter la Casbah, l'endroit où Léonard de Pise, plus connu comme Fibonacci, avait fait des études, expliqua Nadir.

Une jeune femme très jolie arriva en ce moment.

- Bonjour, comment allez-vous ?, demande- t-elle.

- Voici Sophia. Elle vient du Paraguay. Elle est venue connaître notre village et profiter de la mer Méditerranée.

- Je m'appelle Kaïssa, dit la jeune femme en souriant avec un fort accent espagnol. Tu aimes mon pays, Sophia?

- J'adore! Il a une énergie très particulière.

- Kaïssa sera ta traductrice, dit Nadir.

- Kaïssa est un prénom berbère ?

- Oui, il signifie tranquille. Et le tien?

- Sophia signifie sagesse en grec.

Tu es traductrice?

- Oui, j'ai étudié les langues à Alger et je travaille dans une école.

- On y va?

- Nous irons à pied. La Casbah n'est pas très loin d'ici, elle dit.

- Nous nous retrouvons à l'heure du dîner, dit Nadir en les saluant.

- Après avoir marché pendant un quart d'heure, elles sont arrivées à la Casbah. Un jeune homme très gentil, les a reçues en se présentant comme guide.

- Je m'appelle Bop, et je vais vous raconter

un peu l'histoire de Béjaïa et en particulier de cet endroit. L'Algérie est située au Nord de l'Afrique, et elle est considérée la capitale des berbères.

Le mot "Béjaïa" signifie bougie.

On m'a dit que vous vouliez en savoir plus sur un Italien qui a vécu ici dans la Casbah ou mosquée, un homme appelé Léonard. Il était le fils de Bonaccio de Pise. Les apiculteurs de de Béjaïa, ont inspiré par la suite Fibonacci pour les nombres. C'était un mathématicien qui a vécu dans la Casbah pendant six ans.

Leonard a étudié ce qu'on appelle le nombre phi, aussi appelé nombre d'or, représenté par la lettre grecque φ -phi-, en honneur au sculpteur grec Phidias. On attribue un caractère esthétique aux objets dont les mesures gardent une proportion dorée. Certains croient que ceci aurait une importance mystique.

Tout au long de l'histoire, on a observé l'inclusion de ce nombre dans la conception de diverses œuvres d'architecture et d'autres œuvres d'art, bien que certains cas aient été mis en question par les érudits des mathématiques et de l'art. Le nombre d'or se trouve comme proportion dans plusieurs stèles à Babylone et en Assyrie, aux alentours de 2000 A.C. Cependant, il n'existe pas de documentation historique qui indique que le nombre d'or ait été utilisé consciemment par les artistes dans l'élaboration de ces monuments.

- Comment Fibonacci est-il arrivé ici?, demande Sophia.

- A la fin du XIIème siècle, la République de Pise était une grande puissance commerciale, avec des délégations dans tout le Nord de l'Afrique. Léonard, l'un des fils de Bonaccio, responsable du bureau des douanes de la ville, avait été éduqué par un tuteur arabe dans les secrets du calcul positionnel hindou. C'était son premier contact avec ce qui deviendra, grâce à lui, l'un des plus magnifiques cadeaux du monde arabe à la culture occidentale : notre système actuel de numérotation de position.

Léonard de Pise, Fibonacci, nom par lequel il fera son entrée dans l'histoire, a profité de ces voyages commerciaux dans toute la Méditerranée : l'Egypte, la Syrie, la Sicile, la Grèce..., pour nouer des contacts et débattre avec les mathématiciens les plus notables de l'époque, ainsi que pour découvrir et étudier à fond les ¨Eléments¨ d'Euclide, qu´il prendra comme modèle de style et de rigueur. De son souhait de mettre en ordre tout ce qu´il avait appris en arithmétique et en algèbre, et de fournir à ses collègues commerçants un puissant système de calcul, dont il avait déjà vérifié les avantages apparaît en 1202 la première somme mathématique du Moyen-Âge.

Par ce système, pour la première fois, apparaissent en Occident les neuf chiffres hindous et le signe du zéro. Léonard de Pise apporte dans son œuvre des règles claires pour réaliser des opérations avec ces chiffres, tant avec des chiffres entiers que des fractions, mais aussi la règle de trois simple et composée, les normes pour le calcul de la racine carrée d´un chiffre, ainsi que des instructions pour résoudre des équations de premier degré et certaines de second degré. Cependant, Fibonacci est plus connu parmi les mathématiciens par une curieuse succession de nombres :

1; 1; 2; 3, 5; 8; 13; 21; 34; 55; 89....

- Oui, celle-là, je l a connais, ajoute Sophia enthousiaste.

- On peut construire une série de rectangles en utilisant les nombres de cette succession,

- Nous commençons par un carré de côté 1, les deux premiers termes de la succession.

- Nous construisons un autre identique sur celui-ci. On a donc un premier rectangle Fibonacci de dimensions 2x1.

- Sur le côté des deux unités, nous construisons un carrén et nous aurons un nouveau rectangle de 3x2.

- Sur le côté majeur nous construisons un autre carré et nous aurons maintenant un rectangle de 5x3, ensuite un de 5x8, 8x13, 13x21.

- On peut arriver à un rectangle de 34x55, de 55x89.

- Plus nous avançons, plus nous nous rapprochons du rectangle d'or.

- Si nous unissons les sommets de ces rectangles, une courbe se forme. Il s´agit de la spirale de Durero.

- Oui, je la connais aussi. Je l´ai étudiée a l´université, dit Sophia.

- Elle est présente dans la croissance des coquilles des mollusques, dans les cornes des ruminants... C´est-à-dire la spirale de la croissance et la forme du règne animal. Fibonacci, sans le vouloir, avait trouvé la clé de la croissance dans la nature, dit le guide en concluant son explication.

En ce moment, la Casbah est en restauration, dit le guide en changeant de sujet.

un rectangle de 5x3, ensuite un de 5x8, 8x13, 13x21.

- On peut arriver à un rectangle de 34x55, de 55x89.

- Plus nous avançons, plus nous nous rapprochons du rectangle d'or.

- Si nous unissons les sommets de ces rectangles, une courbe se forme. Il s´agit de la spirale de Durero.

- Oui, je la connais aussi. Je l´ai étudiée a l´université, dit Sophia.

- Elle est présente dans la croissance des coquilles des mollusques, dans les cornes des ruminants... C´est-à-dire la spirale de la croissance et la forme du règne animal. Fibonacci, sans le vouloir, avait trouvé la clé de la croissance dans la nature, dit le guide en concluant son explication.

En ce moment, la Casbah est en restauration, dit le guide en changeant de sujet.

- Et quand seront terminés les tra-
vaux?, demanda Kaïssa.

- Nous ne le savons pas. Ici, on peut
savoir quand commence un chantier,
mais jamais quand il finira, dit le
guide.

- On m'a dit que d'autres hommes
illustres sont aussi passés par la
Casbah. Tu en sais quelque chose?
demande Sophia.

- Oui, je peux citer quelques-uns
comme Léonard da Vinci.

- Qu'est – ce qu'il a étudié ici?

- Les formes des choses. Il a essayé
d'établir une règle universelle pour
expliquer les systèmes de ramification des arbres, sur la base de
l'observation de la nature. A la
fin de son étude, il affirma que la
règle générale qu'il avait établie
devait être entendue et mise en
pratique par tout peintre désirant
représenter correctement la forme
des arbres.

"Si on dessine un arc centré sur le tronc d´un arbre, à travers le système de

ramification, la somme totale des aires transversales à travers cet arc sera la même que la zone dans tout autre arc dessiné à partir du même centre".

Saint Augustin, Gaudí et d'autres hommes illustres sont aussi passés par ici.

- Et comment fonctionnait la Casbah? C'était quoi exactement? Je ne comprends pas très bien, dit Sophia.

-    Autrefois, c´était une mosqueée et une école.

- J´ai observé que plusieurs anciennes constructions sont en train d´être démolies.

- Oui, et c'est dommage. Nous sommes en train de perdre notre patrimoine historique.

Pourquoi tu t'intéresses tellement aux œuvres de Fibonacci ? Tu es professeur de mathématiques ? demande le guide.

- J'ai étudié la botanique à Cambridge, mais je suis en train de faire quelques études pour déterminer la quantité de dioxyde de carbone dans les forêts, expliqua Sophie.

- Et de quoi s'agit-il?

- En connaissant la disposition de la structure d'un arbre, nous pouvons faire le calcul pour un arbre, et cela nous permet de calculer pour tout l'ensemble, explique Sophia.

- Quand est – ce que tu rentres dans ton pays? demande le guide.

- Très prochainement.

- Et tu reviendras ? insiste-t-il.

- Je l´espère !, s´exclame Sophia, souriante en lui tendant la main.

Après la visite à la Casbah, elles sont allées prendre un café au port de Béjaïa, où Sophia a profité pour demander encore des détails.

- Cet endroit me rappelle beaucoup de souvenirs, dit Kaïssa en commandant un café. Elles étaient assises devant le port.

- Bougie est l´une des villes les plus anciennes d e l'Algérie. Elle a joué un rôle très important dans la diffusion des chiffres arabes en Occident et ce port est très important. Le guide n´a pas mentionné que Pythagore eut un professeur Kabyle qui lui a enseigné les mathématiques en Egypte.

Au Moyen-âge, c´était l´un des ports les plus prospères de la Méditerranée. La ville devint très connue par la qualité de ses bougies de cire d´abeille, ainsi que par les œuvres de Fibonacci. Et le Parc National de Gouraya, tu le connais ?

- Hier nous sommes allés visiter le parc, et nous avons pris quelques photos. C´est très joli, il y a un paysage merveilleux.

- La ville se trouve au pied du sommet de Gouraya, à environ 740 mètres d´altitude et là se trouve le fort.

- Oui, nous avons fait un grand détour pour arriver au sommet.

- C'est un parc national et il y a de nombreuses plages et falaises.

Es-tu allée dans le désert et au musée à Alger où se trouve la princesse ?

- Oui, j'y suis allée ! dit Sophia.

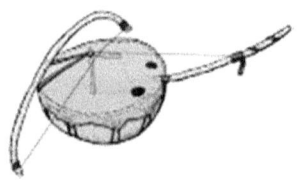

CHAPITRE 4
LES MYSTÈRES ANCESTRAUX DE
L'ESPAGNE ANDALOUSE

Peinture rupestre Tassili

Peinture rupestre Tassili

La mère de Sophie connaissait ses secrets et lui écrivait régulièrement:

Ma chère fille Sophie,

Nous avons eu notre réunion familiale en janvier, comme tous les ans depuis que ta chère arrière- grand-mère est arrivée au Paraguay.

Nous avons préparé les plats préférés de la famille. Les plats paraguayens que nous aimons tant sont nés des 700 ans d´occupation en Espagne du peuple arabo-berbère.

Ces traditions se sont ensuite étendues vers toute l´Amérique Latine.

Cette année je n´ai pas pu y participer. Je me sens malade, j´ai mal aux os, et je n´ai plus de forces. L´année dernière j´y ai participé, tout comme ta sœur, que Dieu l'ait dans sa gloire.

Un jour, tu dois partir. Je ne sais pas qui continuera avec cette tradition. Je crois que bientôt je vous accompagnerai du ciel.

Nous sommes une grande famille, aux traditions et

coutumes anciennes. Nous sommes très catholiques, mais aussi très mystiques. Tu en sais déjà, toutes ces combinaisons difficiles à expliquer et à comprendre. Tu as un grand pouvoir et tu ne dois pas le résister.

Tu l'as hérité de tes ancêtres. Le pouvoir que tu as te surprendra, et particulièrement l'énergie qui coule à travers tes mains. Les affaires du monde t'ennuient parce que tu les connais déjà et rien ne te surprend.

J'adorais quand ton arrière-grand-mère nous racontait ses aventures de jeunesse dans l'Espagne Andalouse.

Je me rappelle des histoires de ses grands-parents, ils étaient d'origine berbère.

Ces derniers ont apporté avec eux beaucoup de leur traditions et ont renforcé encore plus les affinités culturelles avec l'Espagne, et à partir de là, avec le monde hispanique.

Beaucoup d'espagnols d'origine berbère comme mes ancêtres se sont installés dans les pays d'Amérique du Sud.

Ton arrière-grand-mère vient de ce sang. C´était une femme joyeuse, elle aimait les fêtes et les grandes réunions.

Ne t´opposes pas, Sophie, au savoir. Tu es privilégiée. Chaque fois tu connaîtras et comprendras plus de choses, car c´est ton destin. Profites-en comme d´un fruit interdit.

Nous ne venons pas au monde comme un livre vide, nous ne venons pas en blanc. Nous naissons avec des informations et certaines croyances.

C´est pour cela que tu t´intéresses à trouver la réponse dans les doctrines des tribus primitives, dans les anciennes doctrines secrètes, dans les religions, dans les mythes, dans les légendes, dans les symboles, dans l´alchimie, dans les rêves.

Ce sont des représentations qui peuvent varier dans les détails, mais qui ne perdent pas l´essence de base.

Ce sont des étapes de la vie elle-même, qui nous renvoient à l´espèce dans son déroulement historique. Ces informations sont millénaires, certaines nous viennent d´une façon inconsciente, d´autres nous les apprenons.

Cela nous rend créatifs.

L´expérience de l´amour au premier regard, le déjà-vu, le sentiment d´avoir déjà été dans la même situation, et la reconnaissance de certains symboles et leur sens sont les semences de lumière transmises dans le chaos, qui agissent comme quelque chose qui organise la vie, en relation aussi avec la libido comme une énergie créative et créatrice.

Tu passes par ces expériences parce que tu es de ces deux sangs, qui proviennent de ton père et de moi. Deux mondes, le celte et le berbère.

L'homme que tu aimes et que tu ne comprends pas comment il est apparu dans ta vie, est ton destin, tout comme toi tu es le sien, l'amour de sa vie.

Il t'aime mais il est aussi confus que toi. C'est trop merveilleux pour lui de te rencontrer, et il nie ce sentiment comme une punition.

Il ne sera pas heureux sans toi, et il en sera de même pour toi. C'est une histoire d'amour qui s'est préparée dans le chaos de l'univers comme une semence de lumière et qui maintenant entre dans son ordre.

Ton frère sera présent à ton mariage en représentation de ton père et de toute notre famille.

Sois heureuse ma fille. Tu as ma bénédiction.

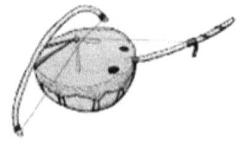

CHAPITRE FINAL LE MARIAGE

Fleurs d'oranger

Kane quitta la France pour toujours. Il y était allé lorsqu'il avait épousé sa première femme, qui, malgré leur origine commune, était totalement éblouie par la fantaisie de l'Occident, méprisant toute culture ancestrale.

Sa deuxième épouse, d'origine espagnole, était idéale, mais trop confuse pour arriver à comprendre les messages cachés des ancêtres.

Pendant dix-huit ans, Kane a vécu en France, et maintenant il revenait pour se marier avec Sophia et rester dans son pays d'origine.

Pour sa part, Sophia avait honoré sa promesse: connaitre la culture de Kane, la nourriture, la religion, la musique, le voyage dans le désert, l'histoire, le thé, dormir sous les étoiles et la lune, observer un lever de soleil et le crépuscule dans le désert, se baigner dans la mer, se balancer au rythme des vagues.

Elle était complètement intégrée à ce monde, non seulement pour la promesse, mais aussi pour elle-même. Découvrir que les ancêtres de sa mère faisaient partie de cette culture et être en connexion avec eux, c'était comme être avec sa propre famille, surtout connectée avec sa mère, à qui Sophia tenait beaucoup. .

Kane était heureux. Il savait que son aimée était convaincue de son amour pour sa terre. Il savait aussi que ce n'était pas seulement pour lui, mais surtout pour elle. Ils avaient fermé la boucle.

Depuis le départ, il dépendait de ces expériences pour prendre sa décision et se marier avec Sophia.

Oui! Oui! Oui !, s'exclame-t-il.

Il était convaincu que c'était la femme qui lui convenait.

Non seulement elle avait accepté sa culture, mais

elle avait connu et appris à aimer ceux qui l'aimaient aussi.

Le jour tant attendu est arrivé. La famille de Kane avait préparé tous les plats. Cela faisait deux jours que le frère de Sophia était arrivé. Il a été le seul à assister à la cérémonie en représentation de la famille.

Il devait participer au rituel du mariage.

Ce jour était le premier des prochains sept jours que durerait le mariage.

Les parents de Kane devaient se réunir dans la mosquée, avec l'Imam pour qu'il bénisse le mariage, l'argent symbolique serait mis sur la table, qui, une fois bénit par l'Imam, serait reçu par Sophia. L'Imam dirait quelques paroles en arabe pour finalement bénir l'union.

Pour sa part, la mère de Kane expliquait le rituel du mariage à Sophia:

- Le mariage dure sept jours, car la femme célèbre avec sa famille quelques jours avant d´aller chez son mari. Il en est de même pour le mari qui célèbre avec sa famille, pour ensuite célébrer ensemble avec les deux familles réunies.

Le soir sont servis des plats préparés avec du poulet, de la viande ou de l´osbane. On les appelle temketeft et berkoukes.

Le berkoukes et le temketeft se mangent normalement la veille du mariage.

Le jour suivant, on mange du couscous de poulet ou de viande. L´osbane se mange aussi, suivant la coutume de chaque famille.

L´apres-midi les pâtisseries sont servies, les plus connues sont le "kennekach", le lemseker et le baclawa.

Lorsque la mariée célèbre chez ses parents, on appelle cela "lekhtoubia". Ce jour là, sa main est demandée officiellement. La famille du mari va chez la mariée. Elle est tatouée avec du henné, mais ne montre pas son visage. Tous les invités lui donnent de l´argent. Quelques jours après, tout le monde revient pour que les mariés célébrent ensemble.

Apres minuit, la danse féminine, le "zarraf", la danse de la sexualité et de l´érotisme féminin commence.

Ton mariage sera un peu différent, mais nous pouvons quand même suivre les traditions.

Le premier jour de la célébration sera réservé à la ¨soirée du henné¨, où tu seras accompagnée d´amies et de voisines célibataires. Vous irez ensemble au hammam, le bain traditionnel pour ensuite dédier l'apres-midi au rituel du tatouage, afin de suivre l'ancienne tradition des mariages qui se célèbrent pendant sept jours.

Le récipient contenant le henné doit être jalousement gardé pour éviter que quelqu'un veuille y mettre la main avec des intentions obscures, liées à la fertilité.

L'utilisation du henné sera pour te purifier et te protéger des démons, et pour garantir ta fertilité, en plus d'embellir ton corps.

Il s'agit aussi d'un ornement nuptial, pour attirer une bonne énergie. Ton mariage sans le rituel du henné ne serait pas un mariage ici. C'est une tradition qui résiste à travers le temps.

Aujourd'hui nous allons te recouvrir les mains entières avec le henné à partir du poignet et les pieds à partir de la cheville. Tu porteras un caftan vert et un châle de la même couleur pour être en consonance avec la couleur du henné, explique la mère de Kane.

- Quelle en est la raison, en plus de tout ce que tu m'as déjà expliqué?, demande Sophia.

- Le henné dans les mariages et dans d'autres cérémonies n'est pas un hasard. On dit qu'il s'agit d'un arbre qui pousse dans le paradis, et qui fut l'une des plantes préférées du prophète Mahomet.

Le sang menstruel est impur, contaminé, sale, comme tout le sang et les fluides reproducteurs.

Dans certaines traditions, on considère que les djinns, ou démons, sont attirés par le sang menstruel. Ainsi, celui qui touche ou qui est en contact avec quelqu'un d'impur attrapera son impureté.

L'hygiène de la femme avec beaucoup d'eau courante et en frottant sa peau à la fin de sa période menstruelle ou d'un accouchement la purifie à nouveau.

Apres le bain, la femme se peint avec du henné, qui durera plusieurs semaines et montrera ainsi qu'elle a été purifiée. Elle redevient agréable aux yeux d'Allah et de son mari. Elle n'attirera plus les maléfiques djinns.

En soi, ce rituel est un rituel de passage de l'impur au pur, de l'infertilité à la fertilité. Dans le Coran, on retrouve la croyance aux djinns, l'impureté de la menstruation,

Dieu Amon-Ra. Dans les temps primitifs, ils se déroulaient surtout sur le mont saharien du *Hoggar* et à Tassili n`Ajjer. Actuellement, les mariages sont un mélange de culture berbère et arabe.

Les invités étaient retournés chez eux.

Kane ne pouvait pas se concentrer. Ce furent des jours très intenses. Chaque fois qu´il posait les yeux sur Sophia, il sentait que son corps se tendait.

Bientôt la nuit viendra, pensa-t-il en l´imaginant dans ses bras.

Ils allaient passer leur lune de miel dans un hôtel près de la mer.

L´apres-midi était passée. Ils étaient seuls. Les parents et l e s frères de Kane étaient finalement partis.

Il la regardait et admirait sa beauté, avec ses cheveux détachés qui lui arrivaient à la hanche.

C´était le dernier jour de mariage. Ce furent plusieurs jours de célébrations, pleins de magie et d´expectatives.

Elle portait la robe de mariée que sa mère lui avait offerte, une magnifique robe style Valentino en dentelle couleur ivoire, bien serrée à la poitrine et à la taille et longue jusqu´aux pieds. A l´arrière, quelques transparences osées font ressortir une file de petits boutons recouverts de tissu. Ses cheveux avaient été coiffés en chignon avec quelques boucles qui tombaient, ornée d´une petite tiare de fleurs d´orangers, qui dans la tradition arabe représentent le symbole de l´amour éternel, de la chasteté et de la fécondité.

Sophia essuya ses larmes. Elle était mariée. Elle

se sentait étrange et différente. Après tout elle n'était plus une enfant jeune et innocente.

Mais elle se réservait le droit de sentir que sa vie avait changé pour toujours. Elle était mariée et elle était la maîtresse de la maison.

Le jour si attendu était finalement arrivé. Kane ne l'avait pas encore touchée, selon la promesse qu'elle devait d'abord connaître ses origines, mais maintenant, il n'y avait plus de barrières entre les deux. Ils étaient mariés, unis par la culture, les traditions et surtout, par l'amour.

- J'ai toujours voulu savoir pourquoi tu attaches tes cheveux, lui murmure Kane en la prenant par les hanches et en l'embrassant tendrement au cou.

- C'est pour me protéger, répond Sophie.

- Personne qui te voit ainsi ne pourrait se

résister, dit Kane en lui caressant les cheveux.

- Tu es si séduisant, dit Sophie à voix basse, en se laissant emporter par ses caresses. Elle n´avait jamais ressenti cela pour personne, et maintenant elle lui appartenait.

- Et toi, si belle. Il ne connaissait pas encore la saveur de ses lèvres, et il était surpris par leur douceur. Comment un simple baiser pouvait l´exciter autant?

Tu es douce, lui dit-il en lui déboutonnant la robe de mariée.

Tu es à moi, lui dit-il, en parcourant son dos avec ses doigts. Il l´embrasse encore et encore

N´aie pas peur. Tu es arrivée jusqu´ici. Ne réfléchis plus. Tu réaliseras tes rêves. Viens ma princesse. Traverse la porte en or qui cache la passion.

- Oui! C'est un désir secret, que personne ne connait! dit Sophia.

- Tu as succombé à moi. Ton esprit obéissant t'a amené jusqu'ici. Tu n'as pas le choix. C'est une épreuve que j'ai attendue pendant si longtemps.

- J'ai senti comme la vague qui remue la mer. J'ai vu nos corps dans mes rêves, unis dans le silence du désert, dit Sophia.

- Tout ceci est réel. Dis-moi que tu m'aimes et je serai toujours là pour toi, dit Kane.

- Tais-toi. Seulement embrasse-moi, je t'en supplie dit-elle.

- Retournes-toi, lui chuchote-t-il a l'oreille. Et il s'unit à elle par une caresse interminable. Il l'embrasse à nouveau et la pose doucement sur le lit.

Elle sentait son parfum, si exquis. C'était le même parfum, J. G., un torse vêtu d'un pull marin avec des rayures bleues.

Ce parfum qui cherchait à le réconcilier avec la tradition, le renvoyant à l'univers d'autrefois. Ce parfum de lavande, légèrement mentholé qui évoque la fraîcheur du passé.

Kane l'entoure avec ses bras. Il la serre très fort et la caresse avec ses deux mains. Elle sent les battements de son cœur et son érection.

Elle le désirait à la folie. Elle était sa femme. Elle était anxieuse dans l'attente du moment, un autre baiser.

Il la parcourt avec la langue, du cou jusqu'au nombril, en savourant sa peau.

- Kane, dit-elle, en suppliant.

- Oui?, dit-il et il l'embrasse à nouveau
  sur la bouche. Avec ses mains il cou-
  vrait ses seins. Et pendant qu'il les
  touchait, il ne pouvait pas croire ce qui
  était en train de se passer.

Et il ne pouvait plus attendre. Elle sent tout
son membre dans son corps.

Elle reste immobile, espérant que ce moment soit éternel. Il la caresse, l'embrasse, se balance, prend son plaisir

Leurs corps tremblent.

Ils ne savent pas combien d'heures se
sont passées.

Tout s'est calmé.

Il la regarde satisfait, la caresse. l'embrasse toujours. Et au loin, on entend le son de la mer qui frappe les rochers.

- Je t'aime, lui dit-il.

- Tais-toi, répond-elle.

- Je t'aime, lui répète-t-il a l'oreille.

- Et moi aussi je t'aime, lui murmure Sophie.

- Je veux être en toi encore une fois, lui dit - il.

- Tais-toi, répond-elle.

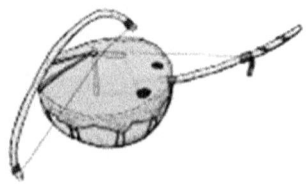

EPILOGUE

Kane et Sophia vivent en Algérie, au bord de la mer et ils ont une fille, qu'ils ont appelée Hinan, comme la princesse touareg. Leur fille aime écouter les légendes sur les aventures fantastiques dans le désert et sur les interminables et lentes caravanes de chameaux entre les dunes de sable rouge, de chevaux montés par les hommes bleus et des sveltes figures féminines coiffées avec de merveilleuses tresses et leurs habits aux couleurs brillantes et avec des figures géométriques.

Ce sont les habitants au sang noble qui ont dominé le désert, qui vivent du pâturage et du commerce, en transportant de l'or et des marchandises précieuses qu'ils échangent par du sel et de l'artisanat.

Les hommes bleus qui parlent un langage muet

pour transmettre des messages secrets dans les affaires commerciales ou dans l'amour.

Avec l'index, ils tracent de complexes idéogrammes sur la paume de celui à qui va adressé le message, ces connaissances ancestrales.

La mère de Sophia était descendante d'espagnols. Son arrière-grand-mère avait émigré de l'Algérie aux terres andalouses et leurs descendants en Amérique, tout comme l'arrière-grand-mère de Kane, Maria Dolores, d'origine espagnole, qui a émigré en Algérie.

Il en était de même avec le père de Sophia, d'origine celte, qui était venu du Nord de la France en Espagne, et de l'Espagne en Amérique.

Maintenant Sophia comprend ce que Pierre lui avait dit dans sa dernière lettre, « tu es d'origine noble ». La mère de Sophia descendait des berbères, de la princesse Tin Hinan, dernière reine atlante, tout comme Kane et toute sa famille.

Le véritable nom de Kane était Medjkane Mohammed. Il l'utilisait de façon abrégée pour s'identifier avec les Français, tout comme sa préférence pour le martini rouge.

Le jour où Sophia a mis les pieds sur les terres africaines, elle savait qu'elle y reviendrait. Il y avait une raison pour laquelle elle portait le symbole des hommes libres. Au début, elle ne comprenait rien, mais finalement elle se rendit compte qu'elle avait toujours fait partie de cette culture. Et Kane le savait depuis le début. Tout deux se sont reconnectés avec leur passé ancestral pour être heureux ensemble.

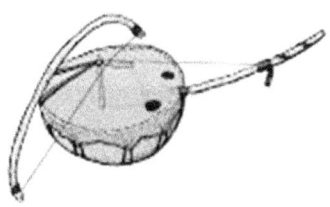

GUIDE

PEDAGOGIQUE

1. L´Histoire

- *De quel type de narration s´agit-il ?*
- *A quel genre narratif appartient ce livre ?*
- *À quelle époque se déroule l´histoire ?*
- *À quels endroits a lieu l´histoire ?*
- *Combien de temps s´écoule pendant la narration ?*

2. Les Personnages

- *Personnages principaux.*
- *Personnages secondaires.*
- *Traits physiques des personnages.*

3. Caractéristiques des Personnages

- *Relation entre les personnages secondaires et les personnages principaux.*

- *Autres personnages moins importants.*
- *Caractéristiques des autres personnages.*

4. Le Narrateur

- *Qui raconte l'histoire?*
- *Dans quel temps verbal s'exprime le narrateur ?*

5. Résumé

- *Résumé des chapitres.*

6. Opinion Personnelle

- *Exprime ton opinion personnelle. As-tu aimé le livre, oui, non et pourquoi ?*
- *Parmi les personnages, lesquels tu as*
- *trouvés sympathiques ou antipathiques ?*
- *Parmi les situations, lesquelles t'ont semblées drôles, amusantes, intéressantes, curieuses, etc. ?*

- *Chapitres ou parties du livre plus ou moins intéressants.*

- *Compare cette histoire avec d'autres que*

- *tu as déjà lues, vues dans des films, vécues personnellement, etc.*

Compléter et envoyer à :

lucycaniza33@hotmail.com

INDEX

INTRODUCTION *11*

PRÉFACE *13*

CHAPITRE 1..........................*23*

CHAPITRE 2.......................... *78*

CHAPITRE 3.......................... *125*

CHAPITRE 4.......................... *142*

CHAPITRE FINAL....................*147*

ÉPILOGUE............................... *166*

GUIDE PEDAGOGIQUE............*169*

Pour cette édition, du papier aux fibres naturelles, renouvelables et recyclables, provenant de forêts certifiées par un système de développent durable, ont été employés.

Tout les autres matériaux employés dans l'élaboration de ce libre sont respectueux de l'environnement.

Imprimé par............................
Dépôt Légal Nro......................
Achevé d'imprimer à Assomption,
Paraguay, le.........

ARGUMENT

SUR LA TRACE DES BERBÈRES est une narration passionnante du début à la fin. Elle appartient au réalisme magique, située dans le VIème et le XXIème siècle. Elle raconte la relation entre une femme d'origine latine, Sophia, et un homme d'origine berbère, Kane. Ce dernier habite en France, et ensemble ils revivent la culture ancestrale des berbères –amazighs- et les expériences de vie d'un peuple originaire du désert du Sahara, les Touaregs. Ils se rencontrent sur l'Internet, Kane lui demande de l'épouser, mais lui pose en même temps une condition, celle de connaître sa culture. Elle accepte et c'est ainsi qui se succèdent une série d'événements qui sont racontés d'une façon agréable et émouvante.

L'auteur a pris une attention spéciale à faire des

Des recherches pour connaître tout ce qui concerne cette culture, enrichie par l'histoire de personnages célèbres qui sont passés par les terres algériennes. De plus, un personnage important dans le mysticisme berbère se distingue, la dernière Atlante, Princesse et ensuite Reine des Touaregs, Tin Hinan, et son étrange coutume relative à la consommation d'or monatomique pour conserver son immortalité et ses relations amoureuses.

Bref, la réunion de deux cultures, très différentes, p a r l'amour, pour découvrir finalement un point en commun, leur passé ancestral.

Narrée en grande parte a Béjaïa (Algérie), il s'agit d'une seconde publication. Le premier libre de cette saga, *Un Amour Celte*, en espagnol a été publié le 28 novembre 2013, imprimé par Editorial Servilibro à Assomption, au Paraguay.

BIOGRAPHIE

Lucy Cañiza est née à Caaguazú, au Paraguay, fille de Juan Ramon et Bernardina.

Elle est Ingénieure Agronome, diplômée de l'Université Nationale d'Assomption. Elle possède deux Masters: en Agronomie de l'Ecole d'Ingénieurs Agronomes de l'Université Polytechnique de Madrid (1990), et en Conservation d'Espaces Naturels Protégés par les Universités Autonomes de Madrid, Alcala de Henares et Complutense de Madrid (2007) en Espagne.

Elle a parcouru plusieurs endroits du monde. Son dernier séjour s'est passé en Algérie, pour connaître et découvrir la merveilleuse culture Berbère et principalement celle des Touaregs du désert du Sahara, sa principale source d'inspiration.

Elle a occupé plusieurs postes au sein d'institutions publiques et privées, autant dans le domaine de l'agriculture, de l'environnement et de l'enseignement, toujours distinguée par sa polyvalence et créativité.

Parmi ses occupations, elle a toujours donné une préférence aux lettres et à une pensée critique et objective.

Depuis l'année 2000, et jusqu'à présent, elle travaille au Secrétariat de l'Environnement du Paraguay. Actuellement, elle est responsable de la coopération internationale en ce qui concerne la Bio-diplomatie.

Celle - ci est sa seconde publication, comme auteure de nouvelles de réalisme magique, nous renvoyant à un monde d'aventure et de mystère.

www.ingramcontent.com/pod-product-compliance
Lightning Source LLC
Chambersburg PA
CBHW072123170626
46813CB00004B/1670